**MULTILINGUAL
BIBLIOSERVICE**

**BIBLIOSERVICE
MULTILINGUE**

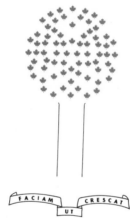

FACIAM CRESCAT
UT

 National Library
of Canada

Bibliothèque nationale
du Canada

Hagan juego

Colección Autores Españoles
e Hispanoamericanos

P.C. Doherty was born in Middlesbrough and educated at Woodcote Hall. He studied History at Liverpool and Oxford Universities and obtained a doctorate at Oxford for his thesis on Edward II and Queen Isabella. He is now the Headmaster of a school in North-East London.

He lives with his American wife and family near Epping Forest, along with a horse, cat and other sundry animals.

Pedro Casals

Hagan juego

Salinas en San Diego

Planeta

COLECCIÓN AUTORES ESPAÑOLES
E HISPANOAMERICANOS
Dirección: Rafael Borràs Betriu
Consejo de Redacción: María Teresa Arbó, Marcel Plans, Carlos Pujol y Xavier
  Vilaró

© Pedro Casals, 1988
Editorial Planeta, S. A., Córcega, 273-277, 08008 Barcelona (España)

Diseño colección, sobrecubierta e ilustración de Hans Romberg (realización de
  Francesc Sala)

Primera edición: diciembre de 1988

Depósito legal: B. 41.620-1988

ISBN 84-320-6803-9

Printed in Spain - Impreso en España

Talleres Gráficos «Duplex, S. A.», Ciudad de Asunción, 26-D, 08030 Barcelona

A María Antonia

Café a sorbitos frente al mar
hablando de Patricia y Salinas.
Frente al mar y de espaldas a
la tramontana.

Cualquier parecido entre personas físicas o jurídicas reales y las de esta novela es mera coincidencia.

Mañana mismo; ¡oh, si fuera posible enmendarse desde mañana mismo! Renacer de nuevo, resucitar. Es menester demostrarles... Que sepa Polina que aún puedo ser un hombre. Vale la pena... Ahora ya, por lo demás, es tarde... Pero mañana... ¡Oh, me ha dado una corazonada y no puede fallarme!

El jugador, FIÓDOR DOSTOIEVSKI

QUÉ LEJOS ANDABA SALINAS DE SOSPECHAR el final de aquella ceremonia que lo reunía cada mayo con sus condiscípulos de Harvard...

Eran media docena, frisaban los cuarenta y formaban desde siempre un clan, quizás inspirados en el capítulo de la Phi Beta Kappa que se había creado en la universidad a finales del siglo XVIII.

Sus encuentros no sólo se daban para recordar la época de estudiantes ni por pura camaradería. En el fondo había buena dosis de exhibicionismo. Yo triunfo, tú triunfas, él triunfa, nosotros...

El abogado Lic Salinas tenía su propia teoría: «Lo principal es echar el ojo a las carreras de los otros, no sea que aparezca un filón y me quede a dos velas.»

Lic era hombre de expresión irónica. En ocasiones como aquélla su sonrisa de *je m'en fous de la société* se acentuaba y parecía más espectador que miembro de la congregación.

Raquel Dellwood —la única mujer del clan— llevaba años viviendo en San Diego, y Bill acababa de mudarse a La Jolla —en las afueras—. Decidieron encontrarse allí y no eligieron mal. Cuesta imaginar enclave superior al hotel del Coronado, en la península que se une a la ciudad por el istmo y el hormigón del puente sobre la bahía.

Hotel de arquitectura victoriana, tejados rojos en forma de abetos de Navidad, interiores de moqueta granatosa y madera de color tabaco a discre-

11

ción. Una de las mayores estructuras de madera del mundo levantada hace un siglo por legiones de chinos.

Tras el almuerzo de despedida, la mitad de los camaradas había vuelto a sus negocios. Lic Salinas ahora estaba tomando café con el cerebro matemático de la promoción, Raquel. Charlaban repantigados en sillones de tapicería de terciopelo color vino y mucha solera.

Un camarero de pajarita y chaleco negro los observaba con solicitud no pegajosa mientras esperaban a *Cara de vinagre*. En realidad sólo Lic lo llamaba así. En Harvard lo habían bautizado con la versión inglesa: *Sour face.*

Raquel Dellwood conocía bien el sur de California y una norma no escrita la obligaba a ejercer de anfitriona. Terminaría con su papel en cuanto hubiese depositado en el aeropuerto a *Cara de vinagre.*

Salinas pensaba quedarse un par de días en el hotel, «mis asuntos pueden esperar». Prefería moverse por Coronado sin ayuda de la Dellwood y le había dicho que tenía «un par de compromisos».

Ella miraba de vez en cuando el mostrador de la recepción y, tan pronto como vio aparecer por caja al «que se está retrasando», dijo a Salinas en una exclamación ahogada:

—Qué viejo está John. ¿Le pasará algo?

—Qué va. Lo suyo funciona muy bien —repuso Lic mientras pensaba: «De perfil parece un pajarito, pero la chica se conserva. Sí señor.»

—Será el más rico del cementerio.

—¿Gana más que tú?

—Tiene un buen paquete de acciones, y su cadena de hoteles está creciendo mucho.

—Lo dudo...

Ella lo cortó. *Cara de vinagre* había doblado la factura y se aproximaba. Raquel, sin cambiar de expresión, fue a otro asunto:

—Debe de ser buen negocio un hotel cerca del *campus* de Harvard. Los del Charles no paran de recibir a entrevistadores que se acercan para reclutar estudiantes. Cada máster puede ahora elegir por lo menos entre tres ofertas. Ésta quiero. Ésta no.

El abogado Salinas escuchaba con ojos burlones mientras extraía de su purera de piel un cigarro con forma de pata de elefante.

John Steam —*Cara de vinagre*— llegó a toda prisa, «lo siento, me han pasado una llamada y ahora tenemos el tiempo justo. Cerrarán el vuelo dentro de veinte minutos».

Raquel dijo «vamos» y salieron a escape.

Lic se puso en pie para decir «adiós, hasta pronto». Luego se arrellanó en el sillón y se fumó el filipino mientras contemplaba por las cristaleras el césped del jardín interior; «Raquel parece más una madre que una compañera de promoción».

En apariencia las cosas estaban sucediendo más o menos como siempre.

MONTADOS EN EL SEDÁN JAPONÉS, Raquel y John dejaron atrás una avenida con centro de césped y palmeras, y entraron en el puente que atraviesa la
bahía. Pasaron por encima del golf municipal de
Coronado para describir una curva en forma de
bumerán sobre el agua quieta, manchada sólo por
corrientes y velas de yates.

Atardecía.

Luego orillaron la San Diego Bay. Raquel Dellwood iba pendiente de reloj y cuentamillas. No
quería exponerse a traspasar el límite de velocidad,
y apenas si cruzaron unas pocas frases.

Tan pronto como el coche se detuvo ante las
puertas acristaladas, él descendió. Tomó la maleta
flexible y ligera, y se dirigió aprisa hacia la pequeña cola de la Delta. Había llegado a tiempo y se
volvió con gesto de «todo bien, gracias».

Ella le dijo adiós con la mano y pensó en su
esposo: «¿Habrá llegado ya?»

Estaba casada con un ingeniero que ganaba la
mitad que ella. El hombre se vengaba con sus trofeos de alcoba. La lumbrera de Harvard prefería
actuar como si no se enterase, pero tenía alojado
el asunto en el centro del cráneo. Un tumor.

Cara de vinagre era hombre de mirada viva. Le
gustaba vestir bien, usar estilográficas de apariencia antañona y no confiar a otro «los asuntos cla-

14

ve», fueran los que fuesen. Llevaba el escaso cabello cortado con severidad y tenía expresión biliosa.

Permaneció en cola sólo unos minutos y cedió el sitio a quien lo estaba aguardando en el otro extremo de la planta de facturación de equipajes.

Más tarde se dirigió a la puerta que rezaba «MEN», se encerró y extrajo de la maleta una americana de cuadros llamativos, «el modelo que suele llevar Bill». Luego se encasquetó la peluca de cabello dorado y abundante. Acabó por adherirse un mostacho y ponerse gafas de cristales verdosos y montura metálica como de aviador.

John Steam permaneció en el edificio con su nuevo *look* hasta que el reactor despegó sin novedad.

Sólo entonces decidió tomar un taxi «a Del Mar».

Allí se bebió un refresco y pidió otro coche.

Llegó a La Jolla cuando ya había anochecido y recorrió los últimos trescientos metros a pie. No quería que el conductor supiera adónde pensaba encaminarse.

Llegó ante el conjunto de edificaciones de dos pisos que daban a un jardín central con piscina iluminada, hierba, palmeras y flores. La construcción era de obra vista y teja plana. El apartamento de Bill estaba a ras de césped tras un macizo de plantas exuberantes.

La primera vez que había acudido al lugar *Cara de vinagre* andaba aún pensando en «cómo zanjar el asunto» cuando advirtió·que Bill ocultaba la llave de la casa entre la vegetación, dentro de un pequeño recipiente de plástico opaco que se cerraba a vuelta de rosca.

Ahora John entró cabizbajo en la comunidad. No quería saludar a nadie. En la piscina estaban nadando dos muchachas. Una le chilló, entre risas, «¡Eh, Bill! ¿Te vienes al agua?» Él hizo un gesto ambiguo y aceleró el paso. Por el otro lado paseaba un hombre maduro que ni siquiera le dijo ¡hi!

Bill vivía solo y acostumbraba a regresar tarde a casa. Aunque *Cara de vinagre* conocía bien sus costumbres, quiso comprobar que la llave estuviese en su sitio. Se calzó los guantes al abrigo del biombo vegetal que lo mantenía oculto en la penumbra, y buscó el botecito de plástico por entre las enredaderas que cubrían el suelo.

La llave estaba dentro. John la tomó y guardó el recipiente en su maleta tras extraer otro idéntico que colocó entre la vegetación. Adelantó la quijada e imaginó a Bill en una mesa de ruleta: «Eres un jugador veterano, pero esta vez...»

Antes de marcharse, dejó caer la llave en otro lugar del macizo de plantas y se fue.

El nuevo botecito contenía una serpiente pequeña que parecía una pulsera. Una coral.

«Si se asusta, pica. Y...», se dijo John plegando los labios como si lo lamentara.

LA HERMANA MENOR DE LA DELLWOOD —Patricia— vivía en Del Mar, era escritora y Lic Salinas la había conocido un par de días antes.

Raquel la había invitado a tomar una copa con los del clan. Lic logró sentarse al lado de la Dellwood pequeña, «¡vaya bombón!», y no hizo otra cosa que charlar con ella.

Patricia hablaba con los ojos color niebla. Parecía que se volcara cuando miraba. Tenía rasgos de su hermana, aunque en ella el perfil afilado de Raquel se dulcificaba, los labios finos se hacían pulposos, el gesto de sabelotodo daba paso a una curiosidad que tenía algo de infantil.

Ahora Patricia y Lic estaban cenando en un restaurante mexicano de la zona antigua de San Diego. En el patio ajardinado de una hacienda de estilo colonial, mesas y sillones de forja pintados de blanco —cubiertos por sombrillas que hacían de pantalla de luces individuales— daban aire de exclusividad entre el barullo y la música del mariachi que se movía de aquí para allí, «estas son las mañanitas que...». Trompetas, violines, guitarras.

Tras el diálogo preliminar y las quesadillas, estaban a medio cóctel margarita cuando Lic preguntó:

—¿Escribes algo?

—¡Oh, no! —exclamó con disgusto.

—¿No estás escribiendo?

—Sí, pero no me apetece hablar de eso, ahora.

No quiero conectar el piloto automático y repetir lo que diría delante de un micrófono.

—Puesss... dime lo que no te atreverías a contar en los periódicos —susurró Lic con gesto de guasón.

Patricia se bebió un buen trago y dijo:

—Estoy metida en una novela sobre un escritor que se transforma en su propia criatura de ficción.

—Vaya —exclamó Lic pasándose la mano por el cabello lacio y oscuro.

—¿Quieres saber por qué?

Él asintió con ojos brillantes.

—El escritor es capaz de comprender a los personajes de sus narraciones y moverlos a través de las páginas de los libros, pero no llega a comprenderse a sí mismo ni resolver su vida y...

—Y decides convertirte en personaje de papel para ver si eres capaz de entenderte, ¿no es eso?

Ella parpadeó. Asintió con un movimiento moroso de la cabeza y apagó el tono:

—Quizás haya algo de eso.

—¿Te atreves a meterme en tu novela?

—No sé si tienes suficiente sustancia. No todo el mundo sirve.

Salinas se toqueteó la patilla de los lentes de concha en un tic ritual y repuso con media sonrisa:

—Si lo dudaras, te callarías.

—¿Otro margarita?

Lic llamó a uno de los camareros del enjambre que batía el patio y pidió las bebidas. Ella inspiró despaciosamente. El aire olía a jardín sureño.

Los dos colaboraron para hacer marcha atrás. El reflujo los llevó a hablar de Tijuana, la frontera que tenían a pocos kilómetros. Que si plata y ónix baratísimos. Que si ella iba a cada dos por tres. Que si restaurantes de langostas al borde del océano.

«¡Qué tía más *güena*! —pensaba Salinas, mientras se perdía en la grisura de los ojos de la chica—. Es como una Romy Schneider estilizada. Me gusta un montón. ¡Un montón!»

En cuanto decayó un poco la charla, el abogado se rascó los cabellos rebeldes de la coronilla, y tratando de edulcorar la voz oscura:

—¿Me invitas a tomar la última copa en tu casa?

John Steam cruzó el jardín del edificio sin apretar
el paso. Apenas si logró dominar el impulso de
echarse a correr. La chica de la piscina lo confundió de nuevo con Bill y le dijo adiós.

Cara de vinagre volvió a contestar con un gesto
y se dirigió a la calle. Se quitó las gafas y anduvo
a buen ritmo por una acera cubierta de césped. La
pequeña maleta más que un peso le parecía un
asidero.

Al doblar la esquina, un deportivo color hueso
le recordó el de Bill, y Steam se ocultó tras un
árbol.

Falsa alarma. Al volante iba un pelirrojo de cabello cortado al uno.

John tenía la boca seca. Se encaminó a una cafetería. Quería beber algo y pedir un taxi por teléfono. Pensaba hacer escala en La Mesa, quitarse la
peluca, cambiarse de chaqueta y —conservando
aún el mostacho postizo— tomar otro taxi que lo
condujera al aeropuerto, «hay que borrar rastros».

Había previsto retornar a su aspecto habitual
por etapas, como en un *strip-tease.*

Estaba sentado junto a la ventana, apurando los
últimos vestigios de coca-cola aguada perdidos por
entre los hielos, cuando pasó el Porsche de Bill. A
su lado, iba un niño de cabello pajizo.

Cara de vinagre no había previsto que su condiscípulo de Harvard se acercara aquella tarde a So-
lana Beach para recoger a su hijo. El chaval vivía

con la ex mujer. «Es lo que me ha hecho cambiar de empleo —solía decir Bill—. En La Jolla estoy a dos pasos del *kid*.»

John Steam palideció. «¡No!» Aferró con la mano el vaso helado y, tras permanecer inmóvil por más de un minuto, se puso en pie y regresó a toda prisa al edificio de apartamentos. «¿Y si la coral pica al niño?»

La piscina estaba desierta. Las luces subacuáticas le daban fluorescencia azulada.

John Steam se deslizó con precaución por el jardín hasta que vio a padre e hijo. Bill acababa de estacionar el coche en el garaje y llevaba dos bolsas de supermercado. El muchacho, que no tendría más de tres años, correteaba en zigzag.

Cara de vinagre se ocultaba detrás de un macizo de plantas y pensó: «Chico, deja que tu padre coja la llave. ¡Déjalo!» Se deshizo de cuanto lo asemejaba a Bill y metió la parafernalia del disfraz en la maleta, «por si hay que dar la cara».

Un vecino saludó al auténtico Bill y quedaron en verse el domingo «para jugar una partida».

El chaval conocía el escondite de la llave. Se puso a buscar a gatas entre sombras de vegetación como si jugase y pronto dio con el botecito.

Bill no acababa de despedirse. John Steam, con el corazón en la boca, pensó: «Chico, ¡no lo hagas!» Y avanzó a la carrera por el extremo del jardín que permanecía en la oscuridad. Cuando faltaban cuatro pasos para llegar al apartamento, lo vio.

El niño estaba a punto de destapar el recipiente de plástico.

PATRICIA DELLWOOD NO RESPONDIÓ ni sí ni no a la propuesta de Salinas.

Lic entrecerró los párpados. Inmovilizó los ojos oscuros e insistió:

—¿Vamos?

—Antes quiero escribir este capítulo —dijo ella como si hablara para sus adentros.

Salinas la observó con gesto interrogativo. Se acarició la piel cetrina del rostro como si fuera a rasurarse con el dedo. Cambió la postura de las piernas. Volvió a la posición inicial.

Patricia tomó una cucharilla y dibujó curvas sin trazo sobre la mesa. Acabó por decir con suavidad:

—Escribiré esta escena. A ver cómo reacciona mi personaje. Ya te contaré.

—¿Sueles hacerlo? —repuso mientras pensaba: «Eso..., ¿se lo dices a todos?»

—Depende.

—¿Y mientras tanto?

—Puedes dormir mientras te paseas por mis folios.

—Extraño sentido del humor... el tuyo.

—Llámame antes de desayunar.

Salinas se llevó las manos a la cabeza huesuda y exclamó con aire histriónico:

—No conseguiré dormir de pura ansiedad. ¿Me querrá? ¿No me querrá? ¿Puedo telefonearte si tengo insomnio?

Ella lo miró en silencio con el ceño ligeramen-

22

te fruncido como si pensara «estás jugando con fuego».

Tras un silencio:

—Cuéntame cosas sobre ti.

—¿Por ejemplo?

—¿Dónde naciste? ¿Vives con alguien? ¿Eres rico? ¿Qué lees?

—En Barcelona, *Spain*. No. No. Me encanta la Highsmith —repuso sin pensar.

—Eres telegráfico, ¿eh?

—Tus preguntas lo son.

—Pero me gustan las respuestas amplias.

Lic empujó las gafas pendiente arriba de la nariz recta e inició su biografía favorecedora, «mis padres tenían un pequeño restaurante en Las Ramblas. Estudié Derecho en Barcelona. Luego el máster en América...». Prendió un cigarro y, entre fumada y fumada, se puso a decirle que no creía en la lucha embrutecedora por la posesión del catálogo de prendas que certifican el éxito. Que tenía un bufete de abogado en Madrid y procuraba trabajar el mínimo y cobrar el máximo por cada minuta. Que· «para cien años que vamos a vivir».

Ella iba sopesando en silencio cada frase que escuchaba. Ni siquiera respondía con monosílabos ni apenas con gestos.

Salinas se fue a la Highsmith:

—¿Has leído *A pleno sol*?

Patricia negó con la cabeza.

—¿Has visto la película?

Ella dudó un momento.

Lic dijo:

—Alain Delon, Maurice Ronet... La adaptó René Clément.

—¡Ah, sí! La novela se llamaba en inglés *The Talented Mr. Ripley*.

—¿Te gusta Delon?

—Me encanta.

Salinas frunció el costado de la boca con una

sonrisa de pillo, «gusta a todas», y volvió a la novelista:

—Su primera obra fue rodada por Hitchcock. *Extraños en un tren.*

—Vaya suerte.

—Y *El amigo americano*, por Wim Wenders.

—Oye, Lic. Me parece que te gustan más las películas que los libros —observó ella pasándose la mano por la melena de color miel peinada hacia atrás.

—Lo que tú digas.

John Steam, con los nervios erizados, iba a saltar sobre el crío para arrebatarle el bote de plástico con la serpiente y «mandarlo todo al diablo» cuando el hijo de Bill lo dejó en el suelo y se acercó a la piscina, «papá, ¿nos bañamos...? Tengo calor».

Cara de vinagre respiró hondo. Se estiró los puños de la camisa y dio un paso atrás, a favor de la oscuridad.

El chaval tocó el agua con las manos e insistió: «Está caliente... ¿Nos bañamos?»

Bill dijo que sí. Se acercó a la puerta. Dejó las bolsas de la compra en la penumbra. Tomó el botecito opaco y se dispuso a abrirlo con un gesto automático.

El niño le chilló: «¡Déjame a mí!» Y echó a correr hacia su padre.

Bill lo destapó para darle la llave y en seguida notó un dolor ardiente en la muñeca, como si le hubiesen hincado dos clavos al rojo.

Hizo un movimiento convulso y la coral salió despedida contra los pies del niño. «¡Cuidado! ¡Me ha mordido!»

Bill se lanzó sobre la pequeña serpiente de franjas rojas y negras. Le dio de pisotones hasta hacerla reventar y, jadeando, comprobó que su hijo no había sufrido picadura alguna. Aquello le proporcionó una extraña sensación de alivio en el vértigo de la neurotoxina que le penetraba en el cuerpo.

Patricia acompañó a Salinas al hotel del Coronado en un todoterreno rojo, reluciente y enorme. Grandes ruedas, anchos neumáticos de ranuras hondas y llantas plateadas.

Al entrar en el puente sobre la bahía que lleva a Coronado, Lic preguntó:

—¿Eres sociable?

—Tengo dos o tres amigos, y punto.

—¿Dónde viven?

—Uno en Los Ángeles. —En realidad dijo *Elei*—. Otro en San Diego. Otro en Del Mar.

—¿Nunca has pensado en casarte?

—Una vez.

—¿Hace mucho?

—Sí.

—¿Y bien?

—Murió.

Lic no dijo nada y observó las lucecitas de la ciudad que festoneaban la orilla y se difuminaban por encima del agua. Multitud de trazos brillantes rodeaban la lengua de mar que penetraba en tierra.

Patricia infló los labios:

—Sufrimos un accidente. Conducía yo.

Se le nublaron los ojos.

Salinas le puso la mano huesuda en el hombro.

Patricia insertó una casete de Bob Dylan. No quería seguir hablando de «aquello».

Al llegar al hotel, Lic se las vio y se las deseó para apearse. El tiempo iba a cambiar y la rodilla

26

se lo anunciaba. «*Il faut chercher l'opportunité dans la calamité*», se dijo.

Acentuó la cojera. Ella, al verlo con andares byronianos, lo tomó del brazo y le preguntó por la pierna.

Aunque Patricia era alta y con tacones pasaba a Lic, hacían buena pareja. Él con su flacura, blazer y camisa de verano azul celeste; ella, luciendo blusa de seda amarilla cuello Mao. Un anuncio de colonia.

La chica lo ayudó a caminar hacia la recepción.

Mientras llegaban, ella dijo que allí Thomas Edison había supervisado *in person* la instalación de las lámparas de incandescencia. Luego, que todo se había conservado tal cual estaba en época del que iba a convertirse en Eduardo VIII. Cuando aún era príncipe de Gales visitó el hotel y conoció a Wallis Warfield Spencer Simpson, un ama de casa de Coronado. Dieciséis años más tarde se casaba con ella. La abdicación por «*the woman I love*» empezó a larvarse en el hotel.

Salinas se dijo: «Espero que yo no tenga que esperar tantos años ni abdicar.» Y propuso:

—¿Tomamos la última copa en el bar del Lobby?

Subrayó el «bar» con cierto retintín. Quería dejar bien sentado que no la invitaba a su habitación.

—Bueno.

Entraron en el edificio y hete aquí que, por detrás del gran centro de flores blancas de una mesa de mármol, apareció la hermana de Patricia.

Raquel, demudada, se les acercó a toda prisa:

—Bill está muy grave.

Y rompió a llorar.

«CARA DE VINAGRE» LLEGÓ AL AEROPUERTO de San Diego con expresión descompuesta.

«Habrá picado al niño? No. Nononono. Aunque, no puedo estar seguro. No puedo», se repetía o mejor se ametrallaba como si quisiera herirse. Luego, para salir del pensamiento de tornillo se iba a Bill: «Un desgraciado. Un inútil. Un jugador... —Con desprecio—: Un perdedor nato. Si no llega a ser por su padre, ¡a buena hora hubiese entrado en Harvard!»

Y dale.

Le zumbaron los oídos. Parecía que fuera a estallarle la cabeza. Notaba presión en el pecho. Los latidos se le desacompasaban de vez en cuando.

No bien se introdujo en el automóvil que le había dejado su cómplice en el estacionamiento y comprobó que la tarjeta estaba en la guantera como convinieron, notó algo de alivio. Decidió salir de allí sin quitarse el mostacho ni las gafas de sol y se dirigió hacia la 5 North. «Tengo que llegar a *Elei* —se refería a Los Ángeles— cuanto antes. Quiero estar allí. Podrían llamarme con la noticia y... Primero me sorprenderé, luego diré en voz baja: "No puedo creerlo."»

Ensayó varias respuestas con distintos tonos cada vez menos crispados.

Deseaba apretar de una vez el acelerador del Buick, pero no se atrevió a pasar de las sesenta y pico millas por hora que toleraban los patrulleros.

28

«Lo último que deseo ahora es que me pidan la documentación. Una multa sería fatal. Fatalfatalfatal.»

Mientras conducía contra el sin fin de faros que ocupaban la autopista y se deslizaban con parsimonia ladera abajo hacia el sur, John Steam iba imaginando los paisajes que dejaba atrás en la noche.

«Subidas, bajadas suaves hasta el nivel del mar, palmeras, el océano», se iba repitiendo para alejar de la mente el estertor de la coral por los aires, «contra el pobre crío, el pobre...».

Conectó la radio. Ofertas, cupones, rebajas. Por fin, noticias. No hablaban del asunto. «Aún es pronto», se dijo y acentuó la intensidad del aire acondicionado. Sudaba mucho.

Aquella noche había invitado a una treintena de amigos para celebrar el cumpleaños de su esposa en su casa de Beverly Hills. Al proyectar «lo de Bill», la ocasión le pareció magnífica «para la coartada». Ahora, miraba el reloj con insistencia y pensaba una y otra vez en cómo «entrar en escena para no dar la sensación de acabar de matar a un amigo».

El último pensamiento le dio un escalofrío. Se llevó el canto de la mano a la boca y se la mordisqueó con ansiedad.

Trató de pensar en su segunda —y actual— mujer. Veinticinco años. Cuello fino, caderas finas, tobillos finos. «Fine fine fine fine.» En su mente la confundió con un deportivo italiano. El retorno del péndulo lo llevó a «mi ex». «Celulitis. Celulitiscelulitiscelu...» La imaginó como un *station wagon* ajamonado, y con crueldad se imaginó al volante de la bella máquina de mucha aceleración dejando atrás al cacharro familiar.

Sin saber por qué, se puso a decir que no. «Nononono... No.» Y, por un instante, deseó las caricias tiernas de su primera esposa y recordó a su hija. «Ya es casi una mujer. No me necesita. Ninguna de las dos me necesita. ¡Ya he cumplido con ellas!»

Hizo un esfuerzo por concentrarse en la conducción. Contó los carriles de la autopista, «cuatro por banda más arcén».

Los coches circulaban a la misma velocidad separados por idénticas distancias. El tramo era recto y monótono. Daba la sensación de que todos anduvieran pegados a una cinta transportadora. Cosas del exceso de centímetros cúbicos de los cilindros y del aislamiento en burbujas climatizadas.

Trató de recordar el color del muro de arbustos que separaba las dos mitades de autopista y quedaba en la oscuridad. «¿Flores blancas? ¿Amarillentas? ¿Malvas? ¿Rojas?»

Los indicadores se referían a lagunas. Aguas quietas con embarcaderos que llegaban al mar por debajo de los puentes vetustos. Los trenes corrían tan cerca del Pacífico que las olas salpicaban los vagones.

Se imaginó que andaba buceando en el océano, pero bien pronto se vio en la piscina fosforescente del condominio en que vivía Bill. El agua se volvió negra y roja, como la coral. «¿Habrá matado al crío?»

Se puso a buscar emisoras de radio de San Diego y, cosa rara, un cupé lo adelantó a velocidad de multa.

Hizo un nuevo esfuerzo por alejarse de sus pensamientos recurrentes y trató de iluminar los espacios de oscuridad que estaba atravesando. «Monte pelado y pardo en cuanto te alejas de zonas urbanizadas. Serpientes venenosas de cascabel. Serpientes venenosas con cuernos. Escorpiones venenosos. Serpientes, serpientes, serp... Venenosasvene...»

De nuevo aterrizó en la coral. Probó otra forma de evasión: se fue a las rentas de lo que acababa de hacer. «El contrato es mío. Sin el enchufado de

30

Bill, es mío. Seguro. —Con sonrisa quieta estiró el pescuezo y se dijo—: Mister Steam, bienvenido a la oligarquía del planeta Tierra. Bienvenido al club..., si muere. Sí, morirá. Seguro. Seguroseguro.»

Una idea inesperada le cruzó por la cabeza. ¿Habría sido capaz de apretar el gatillo? «Mister Steam, ¿tienes valor para matar cara a cara...? O eres sólo capaz de tirar la piedra y esconder la mano como en tu infancia.»

En el centro del retrovisor vio los flashes violentos de un coche de la policía que avanzaba hacia él. Notó que el pulso se le aceleraba y que se le abrían los poros para dar paso a un mayor flujo de sudor helado.

Los patrulleros estaban a punto de darle alcance.

Tan pronto como Salinas se enteró de lo sucedido, quiso ir al hospital. Raquel se puso al volante y dijo:

—Parece que hay pocas posibilidades.

—¿Quién te ha llamado? —preguntó Lic.

—Sheila, su ex mujer. —Y añadió—: Está con él.

Patricia iba en el asiento posterior, con el tronco inclinado hacia delante y las manos apoyadas en el respaldo de Salinas. Lic podía notar su respiración.

—La coral por poco ataca al niño —dijo la mayor de las Dellwood.

—¿Dónde estaba la serpiente?

—No sé. Sheila parecía muy nerviosa cuando me ha llamado por teléfono. Apenas si lograba articular las palabras.

—En San Diego no abundan las corales —objetó Patricia.

—Le ha picado en la puerta de la casa —añadió Raquel como si de repente acabara de recordarlo.

Salinas, con avidez, preguntó:

—¿Te ha dicho algo más?

—Lic, me ha dejado tan... tan... que no se me ha ocurrido preguntarle nada.

Lo dijo como excusándose, sin apartar la mirada de la ruta.

Salinas iba a prender uno de sus cigarros pero pensó: «Con la neura que les ha entrado contra el tabaco, van a decirme que les infecto el coche.» Y se abstuvo.

32

A los pocos minutos de autopista con muchos carriles por banda y continuos recordatorios de limitación de velocidad, después de cruzar varios nudos de hormigón, llegaron a La Jolla.

No les permitieron ver a Bill. Un funcionario con bata de fibra sintética e inmaculada insistió en un monocorde «está muy mal».

Lic dijo que quería hablar con el médico. Por fin apareció un hombre pulcro y distante que aunque joven se afanaba en disimularlo.

El doctor se adelantó a las preguntas:

—¿Son familiares?

—Amigos. Compañeros de universidad —repuso Raquel.

—Voy a ser muy sincero. —Hizo una pausa y dictaminó—: No creo que viva ni veinticuatro horas.

—¿Podemos verlo? —preguntó Salinas tras pensar: «Lic, desconfía de los que anuncian que van a ser sinceros.»

—No. No está en condiciones.

—¿Ha hablado con alguien?

—Su ex mujer no se ha movido del hospital. —Cortó el aire con las manos—: Es cuanto puedo decirles.

—¿Está con él?

—Sí. ¿Quieren que la llame?

Lic asintió con la cabeza, «antes del divorcio, iba a todos lados con él». El médico dio media vuelta y se perdió en los adentros de la UVI.

Sheila apareció con andar encogido. La luz fría daba a su vestido azul un brillo eléctrico. Era mujer de piernas largas, dedos largos, uñas y labios color sangre.

La saludaron en silencio. Ella, dirigiéndose a Raquel, dijo:

—Bill ni siquiera me reconoce.

Se le quebró la voz.

Raquel Dellwood la cogió de la mano y permane-

33

cieron callados hasta que Sheila acabó por decir:

—Pobre Bill. —Abrió mucho los ojos rodeados por un sin fin de arruguitas, y con crispación—: Y pobre hijo. No será el mismo después de ver cómo... —Se comió las lágrimas y suspiró. El silbido pareció un eco del aire acondicionado. Endureció la expresión y se dirigió a Lic—: La policía ha pasado por aquí.

—¿Han hablado con él?

—Ya no coordinaba, pero...

Salinas la observó con aire interrogativo:

—¿Pero?

—Antes, Bill pudo decirme que... —titubeó— pusieron la coral en el bote para que le... —Con la mirada torcida—: Han estado a punto de matar al niño.

—¿Se lo has dicho a la policía?

—Claro.

«Cara de vinagre» pensó en apretar el acelerador pero no se atrevió, «les será difícil probar lo de la coral».

El coche de la patrulla de autopistas con las luces intimidadoras estaba a punto de alcanzarlo. «Nadie me reconoció», se dijo mordiéndose las uñas.

John Steam conducía encogido, como si esperara un golpe físico. Agarrado al volante.

Los policías iniciaron el adelantamiento. Él entrecerró los ojos y trató de mantener la mirada al frente. La radio anunciaba una promoción con premio, «un viaje para dos a Honolulú tarilala...».

Cuando estaba a la altura de *Cara de vinagre*, uno de los patrulleros lo miró. Él trató de ignorarlo, «ahora me dirán que pare. Ahora me cortarán el paso. Ahora...».

No le hicieron señal alguna. El bólido de luces centelleantes y ominosas de las Highway Patrol siguió adelantando vehículos y se perdió tras una de las innumerables elevaciones de la autopista.

La mente de John Steam permaneció en blanco por unos minutos. Los carteles indicadores lo hicieron reaccionar: *Las Flores Drive Junction 78*, y la energía potencial del cerebro pasó a cinética: «He ejecutado la parte crucial solo y me he limitado a delegar algunos detalles. —Sacudió la cabeza—. Al ser sustituido en mi vuelo a *Elei* les he cerrado otra puerta. —Con una sonrisa—: Si tuvie-

35

se que declarar, diría que salí del hotel del Coronado. Me llevaron al aeropuerto. Me dieron la tarjeta de embarque en el mostrador de Delta. Volé a Los Ángeles. Me acerqué a comprar unas botellas y me fui al *party* de casa. El plan es hermético.»

«Ahora el *alter ego* debe de estar ya comprándome champán helado para justificar mi retraso. —Miró el reloj y se dijo—: Voy con el tiempo justo. —Y mecánicamente—: Me esperará a la altura del 6.300 de Wilshire Boulevard con las botellas en el maletero de mi coche. Le devolveré el suyo, y a casa. Tardaré menos de cinco minutos.»

Al pensar en su chalé y en la curva suave de aquella acera ancha de césped y palmeras, le surgieron en la mente imágenes de siluetas femeninas. Cuerpos que se iban alternando. Ora su hija, ora la mujer actual, Bridget. *Cara de vinagre* no quería compararlas, pero una fuerza cromática y olorosa pudo más que él. Que si la niña tenía más pecho, «es la edad». Que si su esposa se movía mejor. Que si su hija tenía la expresión muy dura, «se pinta como una careta y se perfuma demasiado». «Se parece a su madre y la perjudica. Esos arranques de mal genio...»

Su hija y la primera esposa formaban lo que llamaba «la mafia femenina». Le habían declarado «la guerra de la indiferencia», según él. «Me tienen manía», acostumbraba decir a Bridget.

John Steam volvió al plan. Ahora estaba recuperando algo de su aplomo. «Dejé mucho champán del bueno en frío. Con este bochorno, cuando yo llegue todos andarán achispados. —Frunció el ceño—. Si preguntan dentro de unos días, nadie recordará con exactitud a qué hora entré con más botellas. —Hizo chasquear la lengua—. Ahí está el quid. Con todo el champán que llevarán en el cuerpo, les parecerá normal verme con más botellas. Me colaré con calzador en su euforia con más alcohol bajo el brazo. Me meteré de puntillas en su cuadrícula. —Y se puso a interpretar un diálogo a dos voces—: ¿A qué hora llegó mister Steam? Pues..., no sé. Recuerdo que lo vi con más botellas de champán frío.»

«Más... quiere decir continuidad. Que estaba allí desde siempre. Alcohol. Jolgorio. ¿Quién va a acordarse de la hora con exactitud? Lo sospechoso sería recordarla. —Y como si lo leyera—: Lo sospechoso es ser preciso; luego, champán e imprecisión.»

Las palmeras de su calle lo llevaron a las que recordaba entre autopista y océano. Las imaginó junto a un hotel con bandera americana. Terreno árido hacia las montañas secas, y manchas exuberantes de oasis junto al mar.

Los jardines que andaban en su mente lo devolvieron al condominio de Bill. Y dale. «Lo hemos hecho los que te queríamos —pensó con sarcasmo—. Me siento un poco como Bruto. —Y, ahora, con malignidad—: Aunque tú, al lado de Julio César, no seas más que un humanoide.»

El cerebro se le desconectó de los labios y farfulló: «Complot. Complot. Plot. Plotters.»

La 5 North seguía muy cargada. Los patrulleros que lo adelantaron habían dado caza a quien osó saltarse la limitación de velocidad y lo acosaban como si fuese un mal bicho. El coche de la policía estaba parado en el arcén pero seguía emitiendo todo lujo de destellos. «Además de la multa, queréis avergonzarlo, ¿no?»

A la altura de Las Pulgas Road había ya repasado por enésima vez el desarrollo del plan y se dijo con aire entre jactancioso y satisfecho: «Organización, es el nombre del juego.»

Más tarde, con ansiedad: «Esperemos que no se ponga a llover. A veces el calor acaba en chaparrón.»

Estaba notando la bajada de tensión cuando apareció algo que lo sobresaltó. Fue como un ruido visual.

Un cartel amarillo con luces discontinuas anunciaba el control de la policía. «TODOS LOS VEHÍCULOS DEBEN PARAR AL CABO DE UNA MILLA.»

Aquella noche Patricia terminó en la habitación de Lic, aunque acompañada por su hermana. Los tres se instalaron en amplios sillones de mimbre, alrededor de una mesa redonda, junto al ventanal.

A Salinas le había afectado mucho lo de Bill. En Harvard se hicieron amigos, «es un cachondo». Luego se vieron con cierta frecuencia en Madrid y Barcelona. Bill había sido director de *Overseas operations* en una sociedad transnacional de turismo hasta que cambió de empleo unos meses atrás para ocuparse de los nuevos proyectos de una naviera de San Diego. «¡No nos habíamos corrido pocas juergas juntos!»

Lic se estaba fumando un pata de elefante. Mantenía la cristalera entreabierta «para renovar el aire». La habitación daba al Pacífico y el rumor del oleaje iba en aumento.

Las dos hermanas hablaron largo y tendido del divorcio de Bill, «con tanto viaje...»; del niño, «a su madre no le hacía gracia que pasara tanto tiempo con él»; del nuevo empleo.

Al alba seguían dando vueltas «a lo de Bill».

Harvard había inculcado en Raquel y Lic el hábito de analizarlo todo por el método del caso. La literatura, en Patricia, la pasión por meterse dentro de los zapatos de los demás.

La mayor de las Dellwood fue serenándose a

39

medida que avanzaba en el inventario de los hechos.

Entre las evanescencias de madrugada iba surgiendo un océano encrespado y verdigrís.

Las Dellwood habían insistido varias veces en un punto: «En San Diego no abundan las corales.» Llegaron incluso a dibujar un mapa de los estados en que se da la serpiente, «desde Florida a Arizona y un poco al este de California, pero no llegan hasta aquí».

A Salinas le preocupaba además otra cosa: conocía la vena de jugador de Bill, pero no dijo nada. Dudaba de que ellas anduvieran al tanto de los ambientes de casinos ilegales que frecuentaba el muerto en sus visitas a España y prefirió callarse.

Patricia insistió un par de veces en que el aspecto de Bill era «de tener algún problema serio».

Raquel se puso en pie para hacer un resumen de lo dicho:

—En primer lugar, lo de la coral. Luego, que haya sucedido precisamente tras nuestro encuentro.

Lo dijo como si hablara de un sabotaje contra su labor de anfitriona.

Salinas tenía la cabeza en otra parte. «Los del juego ilegal son capaces de todo... De todo.»

—La desgracia ha coincidido con el cambio de trabajo de Bill. —La mayor de las Dellwood respiró hondo. Estuvo a punto de decir algo pero se calló. Tras una pausa—: Y con su mudanza a La Jolla.

Iba contando con los dedos mientras disparaba argumentos.

—¿Qué demuestra todo eso? —preguntó Salinas.

—Sé perfectamente que antes de hacer el máster en negocios eras ya abogado, Lic —le soltó Raquel con crispación.

Patricia se pasó la mano por una arruga imaginaria de la falda negra de gasa plisada y preguntó:

—¿Estáis seguros de que Bill no andaba en negocios poco claros?

—Que yo sepa, no —dijo Raquel.

—¿Quién puede salir beneficiado con su muerte? —preguntó Lic.

—Por ahí tenemos que empezar.

Él la miró con expresión interrogativa.

Raquel ocupaba el número tres en la lista de peces gordos de un banco que se había extendido como una mancha de aceite por el sur de California. La compañía en que trabajaba Bill figuraba entre los mejores clientes de la Dellwood y ella se atrevió a adelantar:

—Conseguiré que te contraten para hacer una investigación. Sé que has resuelto casos difíciles. —Enclavó los ojos enrojecidos en Lic—. No te negarás, ¿verdad?

Salinas frunció el ceño. Iba a decir que no era fácil para un extranjero realizar en California «un trabajo de policías y detectives con licencia», cuando Patricia propuso:

—Si necesitas alojamiento, en casa tengo cuarto para huéspedes.

Lic se dijo: «¿Por qué no entrar en tus folios?» Pero sopesó las dificultades del caso y se resistió:

—Hay que hablar con alguien que domine el terreno. Yo suelo moverme a muchos kilómetros de aquí. —Y con ojos maliciosos—: Pero te agradezco la hospitalidad.

—Tienes que hacerlo. Bill es uno de los nuestros. —Le espetó Raquel—. Y, a propósito de terrenos, ha hecho un buen número de viajes a lo que él llama Europa del Sur. —Se mordisqueó los labios y fijó los ojos en el blanquinegro del estampado de su vestido camisero—. Últimamente ha ido mucho a Cataluña. Es tu zona, ¿no?

Salinas apoyó el mentón en las palmas de las manos y negó imperceptiblemente con la cabeza.

Patricia le preguntó:

41

—¿Por dónde vas a empezar?

No respondió.

Raquel Dellwood llamó a la UVI y Sheila estalló: «Bill está muy mal.»

Lic se puso en pie y paseó la mirada por el agua embravecida del océano.

Patricia dijo:

—Vivo en Del Mar. Mi casa da al Pacífico. Espero que la encuentres cómoda.

—Hay que contratar a un detective de San Diego —dijo el abogado como si hablara para sí mismo.

—Pues se le contrata. No habrá problemas —aseguró Raquel.

—Alguien que tenga buenas relaciones con la policía. Que sea discreto. Que no sea amigo de disparar. Alguien que... —continuó él con voz opaca.

—Elígelo tú.

Lic decidió aceptar y preguntó:

—¿Presupuesto?

—Debo consultarlo.

—Quizá tengamos que viajar bastante, y dejar dinero por el camino. —Aclaró—: Confidentes y cosas así.

—Mientras sean cifras razonables, no creo que...

—¿A quién rendiré cuentas?

—Despacharás conmigo.

—Bueno. No me gusta tener por interlocutor al banco. —Y con voz apagada—: Desconfío de las instituciones. Tenéis un empleado para cada papel que convenga representar.

—Este banco da mucha importancia al trato personalizado —repuso con el sonsonete estandarizado de un comercial de radio.

—Raquel, que no voy a abrirte una cuenta. —Y, sin hacer una pausa, se fue a otra cosa—: Es mejor que te encargues tú misma de buscar al detec-

42

tive. Estás más en ambiente. Si no me gusta, pediré otro.

El abogado pensó: «Ya te ocuparás tú de negociar las condiciones. Lic, un problema menos: que si caro, que si barato. Que si muchos gastos o pocos.»

«Cara de vinagre» se dijo: «Debe de ser un control de inmigración para cazar chicanos.»

Avanzó muy despacio. «¿Y si me buscan...? Si van por mí, adiós. Estoy metiéndome en una ratonera.»

Apareció un nuevo cartel amarillo: «Prepare to stop.» Los labios le temblaban.

«Stop here. U S officers», rezaba otra señal, esta vez negra con letras blancas y luces discontinuas rojas.

¿Cabe pensar en tonalidades más amenazadoras?

Policías de uniforme pardo iban mirando las caras de los ocupantes de cada automóvil. Cuando le llegó el turno, el rostro le había adquirido la rigidez del pergamino.

Los agentes lo observaron con detenimiento. Lo dejaron pasar: «*Go ahead.*»

«Eran *migras*», se dijo tras respirar hondo.

Ya en Los Ángeles hizo el cambio de coche como estaba previsto, y llegó a casa con las botellas de champán.

Su calle andaba por encima del Sunset Boulevard a la altura del Beverly Hills Hotel, zona en que según los mapas para turistas viven muchas celebridades del cine.

El chalé de *Cara de vinagre* no tenía gran superficie. Estaba en un tramo ligeramente curvo de construcciones homogéneas de dos plantas con césped en la parte frontal y sin cercas de separación.

Las franjas anchas de verde privado que orillaban las aceras daban amplitud y frescor. Las lucecitas de las entradas iluminaban manchas discontinuas de hierba con polvo de gotas de riego.

Cuando John Steam llegó a casa, el salón se había quedado casi sin muebles. Sillones, sofás, mesas... Hasta cojines y lámparas habían sido diseminados por la zona pavimentada del patio trasero. Los invitados estaban sentados bajo las estrellas y formaban grupos en tresillos de tapicería ocre y parda.

El aire era tibio. Olía a humedad y al laurel que abundaba al fondo del pequeño jardín.

La música sonaba sin estridencias y parecía que avanzara entre ecos monitorizados desde las cuatro esquinas. Los espacios de sombras y claridad hacían que a más de cuatro pasos apenas pudiera adivinarse quién estaba y quién no en los claroscuros que *Cara de vinagre* había planeado para «esa fiesta de cumpleaños que te hace tanta ilusión, *honey*».

El hombre apareció con el champán. Besó a su mujer, «muchas felicidades. Estás guapísima». A ella le brillaban los ojos oscuros y almendrados. También las lentejuelas de la blusa de plata y el cabello peinado como una melena de leona.

Su mujer —Bridget— lo recibió con un abrazo. Antes de que pudiera decir nada, se la llevó a un rincón y en voz queda:

—Bridget...

No dijo más.

—¿Estás cansado? ¿Te ha ido bien en el *hotel Del*?

Se refería al hotel del Coronado.

—Claro. Siempre es agradable ver a los de Harvard.

—¿Quieres cambiarte de ropa?

—Bueno. —Hundió las manos en los fondos de

los bolsillos—. Pero... primero déjame poner el champán en frío.

Ella señaló los cubos metálicos con hielo y se ofreció a hacerlo.

Él insistió:

—Aprovecharé para decir hola a los amigos mientras les llevo refuerzos.

Hizo un guiño de compincheo y se encaminó al primero de los grupos con idea más de dejarse ver que de estrechar manos.

Al saludar fue deslizando expresiones como: «Ya estoy terminando los deberes.» «Nos veremos en cuanto acabe mi horario de asistente de barman.» «Ya empiezo a estar sediento.»

Casi había concluido el circuito, «perfecto, aquí cada cual va a lo suyo», cuando por detrás oyó la voz de su mujer:

—John, estás pálido.

Se volvió para disparar:

—No sabes el tráfico que hay.

Y pensó en la 5: «Retenciones y más retenciones... y, encima, el dichoso control de chicanos que sólo sirve para provocar atascos. —Suspiró. Miró al cielo—. Si quieren agarrarlos, sólo tienen que organizar redadas en las calles de *Elei*. Menos hacer el payaso en la *interestate* y más control en la ciudad.»

Apareció una criada —que era mexicana y, por supuesto, había entrado de extranjis en el país—. Boca carnosa, cabello atezado y lacio, ojos tristes de ala de cuervo. *Cara de vinagre* se sonrió, «habrá miles como ella». Sin saber por qué, pensó: «La nueva esclavitud en el estado más progre del mundo. La amenazas con entregarla a la *migra*, y se deja...»

Bridget era el centro de la fiesta. En principio, sólo había invitado a gente que la considerara el no va más de la guapura. «No quiero ver por casa a tipos conflictivos ni envidiosos —solía aconsejarle su marido—. Tengo demasiada experiencia.»

Ella le puso la mano en el brazo y susurró:

—Gracias por las flores. —La docena de rosas rojas estaban en un florero de Limoges, sobre una mesa de cristal—. Me encanta que me mimen.

—¿Que te mimen o que te mime?

—En especial, tú.

Sonrió con aire de tener bula.

—¿Se divierte todo el mundo? —preguntó tras abarcar con la mirada a los invitados.

—No van a dejar rastro de guacamole.

—Y, ahora, mi regalo de cumpleaños —dijo de sopetón—: un viaje a Europa.

—¡Oh! —exclamó abriendo mucho la boca y con tono diptongado que era mitad sorpresa, mitad primer plazo del deleite.

—La semana próxima nos iremos —empezó a decir.

—¿Adónde? —lo cortó.

—Al sur de Europa.

Ella no dijo nada. Parecía que anduviera ronroneando como un gatito.

Cara de vinagre se pasó la mano por el rostro. Su expresión era crispada. Ella le preguntó:

—¿Algún problema?

No iba a decirle lo de la coral. Ni siquiera había tenido tentaciones de hacerlo. Respondió con un:

—Llevo un tren de trabajo muy... muy fuerte. Pero merece la pena. —Y se arriesgó a anunciar—: Tengo un enorme negocio entre manos. Enorme.

Bridget lo observó con ojos interrogativos y, ¿por qué no decirlo?, también de admiración.

John Steam la cogió del brazo con suavidad y se la llevó al interior de la casa.

—¿Iremos a Francia? —preguntó ella.

—Sí. Y a España.

—¿Cuánto tiempo?

—Dos semanas.

—¿Tendrás que trabajar?

Cara de vinagre sonrió, esta vez sin esforzarse, y repuso:

—Sólo un poquito.

—No puedes dejar la droga del todo, ¿eh? La adicción a los *business* también es peligrosa.

—Pero muy rentable.

El rostro de Bridget se oscureció. La chica señaló el cuello de la camisa de John Steam y dijo:

—Has sudado. Debes de estar incómodo. Date una buena ducha y múdate de ropa.

—¿Y los invitados?

—No te echarán de menos.

Cara de vinagre dio una vuelta sumaria por entre los grupos de hombres trajeados y mujeres emperifolladas que charlaban con euforia alcohólica hundidos en sus asientos y bien pronto regresó al chalé. Subió al dormitorio y se encerró en el cuarto de baño con la bolsa de viaje.

Se quitó cuanto llevaba encima, desde la chaqueta a los zapatos. Lo fue introduciendo todo en la bolsa flexible, junto al bote de plástico en que Bill solía guardar la llave de su casa. Sólo se salvaron de la quema: documentación, tarjetas de crédito, estilográfica y reloj de pulsera.

«Mañana la haré desaparecer. No hay que dar facilidades... ¡Ojo con la policía científica!»

Cuando se quedó desnudo, le parecía que todavía llevaba una película sobre la piel. Polvo, sudor, miedo.

Sin mirarse al espejo —cosa difícil, toda una pared lo era— se puso bajo la piña de la ducha y abrió el chorro al máximo.

Estaba gozando del agua fría a presión cuando oyó la voz de Bridget:

—Preguntan por ti.

La chica lo dijo con aire de «malas noticias».

—¿Quién es?

—La policía.

John Steam salió a toda prisa del cuarto de baño. Estaba empapado, con champú en el cogote, y preguntó casi sin voz:

—¿Qué quieren?

—Has aparcado el coche delante de la boca para incendios. No te habrás fijado. Nunca lo dejas en la calle y... Nos han puesto una multa.

Cara de vinagre palideció. Sin apenas despegar los labios:

—La pagas y en paz. El Jaguar va a tu nombre.

—Sin solución de continuidad y ahogando el estallido de pura ira—: No me fastidies la ducha con tus memeces. Estoy harto de aguantar. Tienes la casa llena de gente y encima vienes a fastidiarme. ¡Líbrate de los *cops* de una vez y atiende a esos imbéciles!

Ella frunció el ceño y dio media vuelta. Regresó al zaguán con sus papeles y al poco rato logró deshacerse de los agentes.

Los invitados andaban en el jardín trasero. No se enteraron de nada.

Cuando Bridget regresó al dormitorio, él estaba ya vestido y parecía más calmado.

—Asunto resuelto —exclamó la chica intentando poner cara de guasa.

—Perdona, *honey*. Antes me he... Quizá tengas razón. Estoy apretando demasiado el acelerador.

Bridget no dijo palabra, pero elevó cejas y hombros. El gesto podía interpretarse como: «¿Qué me ocultas?»

Cara de vinagre se puso a hablar a trompicones del viaje a Europa. Ella no quiso escucharlo.

—Ahora, no. —Extendió las manos. Con una pizca de mal humor—: No tardes en bajar. Eres el anfitrión.

—En seguida.

Desde el vano de la puerta, Bridget soltó:

—¿Te ha pedido más dinero tu ex? Es eso, ¿verdad?

—No... no —balbució.

—¿Qué quiere, ahora? Un palacio para casar bien a la niña.

Él negó con la cabeza. La chica se fue engallando:

—Ellas disfrutan amargándonos la vida. Y, para postres, tu ex se paga un *gigolo* con tu dinero. Ésa no se casará nunca, ¡qué va! Sería matar la gallina de los huevos de oro.

John cerró los ojos:

—Por dinero, ¡no te preocupes!

—No es eso. Es la tomadura de pelo. Es...

Se apartó un mechón de la frente y apretó los labios.

Él se acercó a su mujer. Le apoyó la mano en el hombro y volvieron a la fiesta.

Un gafitas con pinta de genio de la informática llamó a John:

—¡Eh! Apareces y desapareces. Deja ya de hacer el cocinitas y ven a beberte unas copas.

—Con una condición.

—¿Cuál?

—Nada de negocios, ¿eh?

—No tardarás ni cinco minutos en incumplirla.

Bridget, poniendo la cara que solía poner cuando alguien amenazaba con flash y cámara, dijo:

—Lo conoces bien.

Y se fue a charlar con los del grupo del fondo, «ésos por lo menos tienen sentido del humor». Allí predominaban las chaquetas azul muy oscuro y el ocre en los párpados de las mujeres.

En cuanto Bridget se alejó, una chica tintada de rubio platino con vestido negro sin espalda se colgó del brazo de su marido —el gafitas— y apuntó con el dedo a *Cara de vinagre* para asegurar:

—Eres un hombre enigmático, John.

—Si te empeñas.

—Claro... —dijo con aire achispado—. Te sorprendería si te dijera todo lo que sé de ti.

Miró con intención a los dos hombres. Se alejó diciendo adiós con los dedos cargados de anillos y se sentó en un escalón, junto a un guaperas de tuestes en el rostro y una ojazos con flor blanca en el cabello liso y bruno.

«¿Qué sabrá esa loca? ¿Qué sabrá...? El gilipollas del marido quizá sospeche algo de lo que andamos planeando y... —Le empezó a brotar de nuevo sudor frío—. Está metido en inversiones. No debería haberlos invitado. Creía haber hecho bien la criba, pero... siempre se cometen errores.»

El último pensamiento lo alarmó. «No. Nononono... No he cometido ninguno. Todo está milimetrado. Todo...»

Un rayo zigzagueó en el cielo. Olor a ozono. El booom del trueno. Otro resplandor, y la lluvia.

Muy pronto los goterones se hicieron cortina de agua. Los invitados pasaron del sopor a la carrera. Casi todos se guarecieron en el salón de moqueta blanda. Algunos se quitaron la americana y se pusieron a entrar los sillones con precipitación. «Diluvia... Diluvia.»

Cara de vinagre notó una sensación de bienestar. El frío del agua le empapaba el traje de seda gris marengo, «el más caro», mientras transportaba sin prisa un sofá voluminoso con ayuda del guaperas que estaba ganándose en aquel mismo instante un puesto en su lista blanca.

Al cabo de pocos minutos sólo John y su compañero de transporte de muebles —que tampoco se había quitado la chaqueta— seguían salvando objetos.

Una vez dentro, *Cara de vinagre* tomó su mejor botella de escocés y bebió un buen trago a morro. Luego, se la pasó al que llamó pareja de *cargando bajo la lluvia*.

PATRICIA Y SALINAS LLEGARON A DEL MAR en el todoterreno. Era la hora del desayuno, pero ya hacía bochorno y el cielo no acababa de despejarse. No tenían sueño.

Pararon ante una cafetería de toldos ocres y grandes ventanales que ocupaba los bajos de un edificio de aire bávaro. Obra vista de ladrillo rojo, madera y pizarra en contraste con el mucho asfalto y las hileras de coches soñolientos que se movían a velocidad vigilada. Veinticinco millas por hora, según las advertencias de *speed limit*.

Acababan de pasar por el hospital, «Bill se está muriendo», y ahora estaban tomando naranjada y té con la pesadumbre que da la proximidad a procesos destructivos e irreversibles.

Pronto volvieron al coche. La chica enfiló un camino lateral curvas arriba de una loma sembrada de ramales que morían en villas con jardines; pequeñas junglas cerebralizadas. Al fondo, el océano.

A los pocos minutos Patricia dejó de ascender y se metió en una ese de asfalto que daba a su plazoleta y al chalé enlucido de construcción plana. La fachada era marco de macizos de flores azules y puerta basculante de garaje.

Estacionó la mole de caucho y pintura nueva en el exterior y se encaminó a la entrada. Salinas se dijo: «¡Cómo vive la señora...! Vaya chollo lo de las novelas.»

La casa era de muros ciegos en los costados que daban a entrada y colina, y de cristal azul suave en los del Pacífico. La construcción principal se extendía a lo ancho de una sola planta de distintos niveles de moqueta cruda.

Salinas ascendió un par de peldaños y, con las manos hundidas en los fondos de los bolsillos, se acercó a la pared de cristal del salón. Se detuvo de espaldas a la chimenea. Vio la piscina, «al agua, patos»; la pista de tenis con máquina de lanzar pelotas, «debe de ser una adicta del deporte —los ojos le bailaron—. Por eso tiene las carnes tan bien puestas. ¡Qué culo!», y más allá la energía del choque de las olas oscuras y espumosas contra la línea de la playa. Arcos iris hechos añicos.

«¿Escribirá guiones para la tele? ¿Tendrá algún lío con los peliculeros de Hollywood?»

Lic la miró al soslayo y se preguntó: «¿De dónde sacará tanto dinero la monísima Patricia?»

—Sígueme. Te enseñaré tu habitación —dijo ella desde la cocina que se abría a un salón alargado, la columna vertebral de la casa.

Salieron a una terraza con piso de tablas sobre vegetación exuberante. Bananos, enredaderas de flor malva, palmeras, yucas, sicas. Hasta la maleza era bella al sur del Edén.

Descendieron por peldaños chirriantes de madera vieja y la chica señaló la puerta de un apartamento que ocupaba los bajos. El arquitecto había aprovechado la inclinación del terreno para alojar un pequeño cuarto de baño y una habitación luminosa. Patricia dispuso allí bicicleta estática, nevera con refrescos y cama doble de barrotes dorados y relucientes.

Lic dejó la maleta en el suelo y, para marcar lo que iba a ser su territorio, prendió con morosidad un pata de elefante. Ella preguntó:

—¿Juegas al tenis?

—Mal.

—¿Jugamos?

—Déjame ponerme en remojo, primero. —Señaló la piscina—. Y luego...

«Encima, ¡sin dormir! Voy a acabar para el arrastre.»

La chica ganó el primer juego, el segundo, el tercero.

Lic llevaba años sin dar un raquetazo. Su arma era el saque, pero no lograba acertar a la primera y a la segunda era víctima de los restos cruzados de la chica que no podía ocultar la satisfacción cada vez que se hacía con un juego.

«La jodida esa... me está arrasando», pensaba el abogado con cara de póquer. Ella, para más inri, le aplaudía las escasas jugadas. La pista era dura. La pelota corría mucho, «ni la veo... y encima esa bruja me las coloca por lo bajo y con efecto. ¿Quién me mandaba jugar?»

El resultado lo dijo todo. Salinas ganó sólo dos juegos en el primer set y uno en el segundo.

Tras el partido se zambulleron. Ella llevaba un biquini negro de hebillas metálicas y poca tela.

Nadaron a braza, despacio. Luego se sentaron sobre el agua en asientos de plástico transparente.

—¿Conoces mucho a Bill? —preguntó Lic.

—Era... —Se llevó la mano a la boca y se corrigió—: Bueno, es... Es muy amigo de mi hermana. Yo lo he tratado menos.

—¿Qué quiere decir muy amigo? —pronunció con retintín.

—¿Te extraña que Raquel se haya empeñado en que te ocupes del caso?

—No me has contestado.

—¿No puedes creer que Raquel actúe sólo por camaradería?

—Patricia, no me has contestado —repitió con sonrisa de pillo.

La chica se puso a dar brazadas hacia el otro extremo de la piscina rectangular. Lic permaneció inmóvil, con los ojos cerrados. Cuando la Dellwood pequeña regresó a su lado, sin mirarla, soltó un palo de ciego:

—Bill se mudó a San Diego para estar cerca de tu hermana, ¿verdad?

—No. Lo hizo para estar cerca de su hijo.

—Y, además, por Raquel, ¿no?

—Quizá.

Salinas la observó con el rabillo del ojo, pero no dijo nada. La chica se apoyaba en la escalera de aluminio y, sin salir del agua, miraba en dirección al mar:

—En el fondo Bill es un niño grande. En Raquel ve una madre, pero ella ya tiene dos hijos. —Y como para sí misma—: Mi hermana ya tiene bastantes problemas.

Se oyó el teléfono. Patricia salió de la piscina y tomó el aparato sin hilos que andaba sobre una mesa blanca con sombrilla.

Era Raquel. Su voz sonó átona en el auricular:

—Bill ha muerto.

Patricia acompañó a Salinas en el todoterreno. Estaba citado con Raquel en la oficina del banco. «Voy a tener que alquilar un cacharro. Aquí, sin coche, nada que hacer.»

Enfilaron la 5 en dirección sur y se metieron dentro de las tripas del nudo de hormigón para entrar en la *interestate* que cruza San Diego y se dirige al desierto y a Arizona. La 8.

Dispositivos alojados en el asfalto abrían y cerraban los semáforos según anduviera la circulación.

El banco era un edificio de aluminio y cristal azulado que hacía de espejo de un cielo ya casi sin nubes.

Raquel Dellwood no los hizo esperar ni un minuto. Acudió a recibirlos y los atendió en su despacho de vicepresidenta: sillones y sofá de cuero viejo, madera oscura a discreción, lámparas doradas de teja, escritorio inglés y alfombras afganas. Desde allí se veía el puerto y la península del Coronado con el toque irreal del filtro de las cristaleras.

Una secretaria de blusa crema abotonada hasta el cuello sirvió café. «Café claritis.» Raquel se situó detrás de su mesa y les pidió que se sentaran enfrente, «no os importa, ¿verdad? Así puedo atender el teléfono».

La vicepresidenta del banco se había vestido de negro. «¿Se habrá enlutado?», se preguntó Lic.

Patricia adoptó postura de convidada de piedra.

Antes que entraran en materia sonó el teléfono; «perdonadme, por favor».

Raquel fue escuchando con interés y sólo dijo: «Sí. Sí. No. No. Eso parece. Venda antes de que sea tarde. *Bye!*»

Tan pronto como colgó el auricular se dirigió a Lic y juntó las manos:

—No creía que sucediera. —Se interrumpió. Los ojos se le enrojecieron—. Francamente, esperaba que lo salvaran. Los médicos suelen dar pronósticos alarmistas para luego ponerse medallas. Pero esta vez era cierto. Cuesta creer que una cosa así aún pueda tener consecuencias tan... Tan...

La voz se le rompió.

—Pobre crío —exclamó Salinas.

—Es un hachazo. Es algo tan...

Se hizo un silencio largo. Raquel acabó por apoyarse en la superficie de cuero verde del escritorio y afrontar los hechos:

—De acuerdo en contratar a un investigador que te ayude —dijo con un toque de autoridad—. De acuerdo en pagarte viajes y gastos. Sólo queda un punto: ¿cómo vas a minutar?

—No voy a discutirlo. Lo que quieras.

Lic tenía ganas de fumarse uno de los filipinos que llevaba en la purera, pero advirtió que no había ni un solo cenicero y acabó por renunciar.

—Intentaré pagarte el máximo lógico —anunció ella acariciando las perlas de su collar.

Salinas asintió con la cabeza y dijo:

—¿Cuándo va a llamarme el detective?

—Mañana.

—¿Lo conoces?

—Sí. Es bueno.

—¿Tiene experiencia en homicidios?

—Sí.

—¿Relaciones con la policía?

—Excelentes.

—¿Edad?

—Cuarenta y pico.

—¿Historia?

—Vietnam. Detective de una compañía de seguros. Investigador privado con buenos clientes.

—Por ejemplo, ¿tu banco?

—Sí.

—¿Delito económico?

—Es lo suyo.

—¿Dónde vive?

—En La Mesa. Al lado.

Señaló la 8 en dirección este. La autopista andaba cargada de vehículos, «el tráfico de las cuatro y media».

—¿Ha estado metido en algún lío?

Raquel dudó. Estuvo a punto de preguntar «¿qué quieres decir?» Pero decidió ahorrarse pasos y dio una respuesta directa:

—Mató a un hombre en defensa propia.

—¿Con arma de fuego?

—No.

—¿Cómo?

—Lo desnucó —repuso con voz casi inaudible, y le pasó una carpeta con notas sobre el detective y sus señas.

Patricia, que había permanecido con el tronco echado hacia atrás, adelantó la cabeza y dio un respingo. Lic la miró con afecto, como si fuese una alumna en clase de prácticas de mañas jurídicas.

El abogado Salinas se rascó la coronilla y preguntó:

—¿Quién hereda?

—El niño.

—¿Estaba separado legalmente Bill?

Raquel afirmó con la mirada. Lic tomó nota del teléfono de Sheila, «quiero hablar con ella cuanto antes».

Salinas se levantó y se acercó a la cristalera. Puso los ojos en el océano y, sin volverse, preguntó:

—¿Por qué crees que lo mataron?

—¿Dinero?

—Tú conocías los negocios de su compañía. ¿Algún chanchullo?

Patricia estuvo a punto de decir algo, pero su hermana le clavó los ojos y permaneció en silencio.

—No..., que yo sepa —contestó Raquel.

El abogado, que no captó la mirada, se volvió y se sentó sobre el canto de una consola. Puso los labios en forma de no y:

—Lo mataron por algo que ni él mismo debió de sospechar. El asesino sabía que iba a tardar en morirse más de doce horas y aun así se expuso a que hablara. —Cruzó la pieza con paso lento—. Quien dejó la coral debía de conocer cómo actúa el veneno. No se improvisa un crimen tan...

—He pedido a su empresa detalles sobre los asuntos en que intervenía.

Lic la miró con ojos de «buena idea» y dijo:

—Quien lo planeó tenía que conocer sus hábitos. Hay que empezar por hacer una lista de los que hayan pisado el condominio de La Jolla.

Antes de dar por concluida la reunión decidieron telefonear a sus condiscípulos de Harvard. Raquel se puso a marcar los números. De momento no pensaba anunciar que Salinas fuera a ocuparse de la investigación.

Dejó para el final la llamada a *Cara de vinagre*.

AQUELLA MISMA TARDE Raquel Dellwood localizó a los del clan de Harvard. Bob Biddenden andaba en su despacho de la Tour Maine Montparnasse de París y Mike Swaton en una convención de su compañía, en Florida.

Cara de vinagre se había tomado la tarde libre. «Hay que darse un respiro. Si no, la máquina puede fallar.» Estaba en casa, en su gabinete. Una habitación pequeña junto al salón que daba al jardín trasero. El mobiliario se limitaba a: mesa de cristal ahumado, archivadores y ordenador de potencia más que considerable. Las paredes se veían atestadas de novelas en su mayoría históricas.

Tan pronto como recibió la noticia, «¡ha muerto!, ¡ha muerto!, ¡confirmado!, ¡misión cumplida!, *touchdown!*», trató de recordar el papel que tanto había ensayado, pero no fue capaz de articular palabra.

Raquel repitió el «ha sido tremendo. Alguien puso la coral en el bote de plástico. Por poco mata también al niño. Se ha hecho todo lo posible. Ha muerto en la UVI».

La noticia, que no supo cómo dar por primera vez, se concretó ahora en frases funcionales. Como de informe o telediario. «Nos acostumbramos a todo. Quizá sea la clave de la supervivencia.»

—El funeral se celebrará mañana por la tarde —dijo ella—. ¿Asistirás?

John Steam tardó unos instantes en responder:

61

—Sí..., claro.

Quedaron en acudir juntos.

La vicepresidenta del banco colgó el teléfono y se dirigió a Lic Salinas:

—Todos estarán mañana en el entierro.

El «todos» le pareció venenoso e inexacto. «Adiós clan. Bill era el aglutinante. El factor común.» Los mejores chistes, los contaba él. Las aventuras más insólitas de políticos, las conocía Bill —¿quién sabe por qué conducto?— y las salpimentaba con guiños y chirigotas.

Era pianista autodidacta, pero tenía nervio y ponía corazón. En cuanto se lo pedían, se sentaba ante cualquier teclado y todos acababan tarareando *New York, New York* o cualquier otro *Asturias, patria querida* que se pudiera cantar en inglés.

«Me duele mucho por él —se dijo Lic—. Pero también por mí. Cuesta encontrar compañeros de juerga con los que de veras lo pases bien. La juerga es tan delicada. Una sola palabra puede mandarla al garete. Un solo acomplejado. Uno solo que se empeñe en hablar ex cátedra. Un comecocos..., y se acabó lo que se daba.»

Lic Salinas no quiso esperar al día siguiente para hablar con el investigador y, antes de despedirse de Raquel, se empeñó en llamarlo él mismo desde el banco. El hombre accedió a regañadientes y se citaron para cenar en Soupplantation. «Queda cerca de casa.»

Patricia acompañó al abogado hasta una oficina de alquiler de coches, en el aeropuerto. Cuando ya llegaban, aterrizó un jet en vuelo rasante. Parecía que fuera a hacerlo sobre el todoterreno.

Lic se quedó con un Olds y un seguro que cubría el máximo de riesgos. «Procuraré que las bofetadas las dé... o las reciba... el detective, aunque nunca se sabe.»

«Cara de vinagre» recibió por fin la segunda llamada.

Desde que supo que Bill había muerto, la estaba esperando.

Hacía tiempo que tenía acoplado un *scrambler* a su línea telefónica y hablaba con desembarazo.

En el auricular se oyó:

—La cosa está muy bien. Sólo falta que estalle lo de Barcelona.

Quien lo acababa de telefonear se expresaba con no poca autoridad.

—Cada cosa a su tiempo —repuso John Steam.

—Asegúrate de que no haya fallos. Primero el enigma; luego, la explicación.

—¿Cuándo se reunirán? ¿Cuándo tomarán la decisión?

—Pronto. Quizá la semana que viene.

—Supongo que no habrá interferencias.

—Ninguna, John. Ninguna. Estás llevando adelante tus operaciones a la perfección, y cumpliré con mis compromisos. Estamos en el mismo barco y el pastel merece la pena. Es mayor de lo que puedes imaginar.

El tono de *Cara de vinagre* tenía crispación, ansiedad. El que sonaba al otro lado del hilo era mesurado, parecía el de alguien que se estuviese refiriendo a un negocio muy seguro, sin facetas desconocidas. Sin riesgos.

Tan pronto como colgó el aparato, John Steam

tomó una portátil europea y en una hoja holandesa mecanografió:

*Bill se negó a pagar los 100 000 dólares que dejó
a deber en Barcelona y...*
*Esperamos que usted se haga cargo de la deuda
de juego de su hijo. Si no; puede ser una coral,
puede ser un atropello o un ataque de corazón.*
Ya recibirá instrucciones sobre la forma de pago.

Leyó y releyó el texto.
No le satisfizo. Quemó la hoja y decidió añadir
un nuevo párrafo entre el primero y el segundo:

*A pesar de nuestras advertencias, se empeñó en
no pagar. La cosa no es sólo cuestión de dinero, su
mal ejemplo podría perjudicarnos.*

En el sobre puso la dirección del padre de Bill.
Ya iba a cerrarlo cuando su esposa entró sin llamar.
—¿Qué estás quemando? ¡Qué peste! ¿Me acom-
pañas a *jazz*?
Bridget iba cada día a uno de esos gimnasios en
que se hace ejercicio al son del estéreo.

EL DETECTIVE —que se llamaba Dan Leigh— era hombre de cabeza grande, sonrisa fija y anillo amazacotado y anónimo.

Llevaba una de esas camisas que no se arrugan jamás y parecen hechas de tejido de paraguas. La chaqueta, de rayas finas azules y blancas, igual valía para él que para alguien con barriga de bebedor de cerveza.

La corbata chocaba: era de buen gusto y de seda. Azul marino con leones de oro. «¿Quién se la habrá regalado? ¿Será de algo a lo que pertenezca?», se preguntó Lic nada más verlo.

A Salinas le pareció buena la idea del restaurante en que habían quedado. «Puedes llenarte a reventar de ensaladas y sopas a precio fijo. En España costaría el doble.» Tomó chile y probó un par de combinaciones de vegetales y aderezos.

El detective llenó su plato a conciencia. Al final era una montaña de estratos de ensaladas con las cumbres nevadas de salsa de queso. «¿Cómo lo hará para que no se le desmonte?»

Leigh dio por supuesto que un máster de Harvard no fumaba y señaló la zona libre de humo de tabaco con un «no fuma, ¿verdad?» Lo dijo con tono de «no conduce borracho, ¿verdad?»

Lic pensó: «Comencemos bien.» Y no lo desengañó.

«Voy a tener que acabar por fumarme los puros a escondidas.»

El detective se tomó tres tazones de sopa: chile, de almejas y de almejas. Para repetir tuvo que acercarse cada vez a los peroles del fondo. Cada vez dijo «*excuse me!*»

Bebió cocacola.

El abogado no pudo con el postre y se limitó a terminarse la cerveza mientras el investigador daba buena cuenta de algo que calificó de *delicious*: unos bollos calentitos. Fue a por otra ración, ¿cómo no?, e hizo la pantomima de «lo muy lleno que estoy». Acabó envolviéndolos con servilletas de papel, «me los llevaré a casa. La comida no se tira». No se atrevió a pedir la *doggy bag* pero lo lamentó, «podría llevarme el doble en la bolsa de plástico».

Al abogado Licinio Salinas le encantaba observar a sus interlocutores antes de entrar en materia. Era de los que piensan «hay que darles mucha cuerda para que al final se ahorquen ellos mismos».

Tuvo que reconocer que el detective era maestro en el arte. No mencionó el asunto ni tangencialmente hasta que tomaron café claritis y Lic decidió empezar:

—Han asesinado a un amigo mío. Lo apreciaba mucho y eso va a complicar las cosas. Voy a ser muy... muy... —buscó la palabra y se decidió por—: Muy emocional.

El detective, que no había abandonado ni un momento la actitud de deferencia recelosa, bajó la guardia por primera vez. Aflojó las comisuras de los labios y, al prescindir del fórceps facial, su rostro dejó la sonrisa fija y adquirió expresión de interés por el ser humano de *overseas* que tenía delante:

—¿Trabajaban juntos?

Lic se preguntó: «¿Qué le habrá contado Raquel?» Y dijo:

—No. Éramos compañeros de estudios.

—Eso une mucho.

El abogado resumió cuanto sabía del caso y sólo se calló la pasión de Bill por el juego. «A ver, ¿cuánto tarda en averiguarlo?»

Leigh escuchó en silencio y tomó notas en una libretilla de tapas verdes de hule. Cuando Salinas dio por finalizado lo que denominó «esquema de los hechos», el detective quiso saber:

—¿Por dónde empezamos?

—Por la lista de personas que estaban al corriente de que Bill guardaba la llave en el bote de plástico. —Se interrumpió. Adelantó el mentón y añadió—: Y por la comprobación de sus coartadas.

—Muy bien.

—¿Va a hacerlo usted...? ¿O tiene una idea mejor? —preguntó Lic con mordacidad.

—Primero, hablaré con un amigo que tengo en la policía. —Puso cara de asco y la maquilló en seguida con una mueca de compincheo—. No vamos a duplicar el trabajo, ¿verdad?

—¡Verdad!

Los ojillos azules y descoloridos del detective brillaron. Se pasó la mano por el cabello color óxido peinado de través con intención de disimular la semicalva, y preguntó:

—¿Qué me dice de la coral?

—¿Hay granjas de esos bichos?

—No lo sé. En Florida abundan en la naturaleza.

—Hay quien las tiene como animal doméstico.

—Hay gente para todo. —El detective se rascó la nariz de patata y preguntó—: ¿Cómo enfocamos lo de la serpiente?

—¿Alguna idea?

—Hombre... Podemos empezar por ver qué opina la policía.

—Pues, también.

Leigh se envaró un poco. Se retrepó en el sillón de madera estilo far west —toda la decoración lo era— y, tras titubear, dijo:

—Mis contactos en la policía actuarán como consultores.

Salinas pensó: «No está mal la forma de plantearlo... ¿Cuánto pedirá?» Y preguntó:

—Sus contactos, ¿están llevando el caso *in person*?

—Como si lo hiciesen.

—¿Nos mantendrán al día de lo que averigüen?

—Sí —repuso sin dudar.

—¿Cuánto nos costará el servicio?

El detective soltó de carrerilla:

—Nos darán el parte cada noche. La asesoría tiene un coste de quinientos diarios. La vicepresidenta del banco ya ha aprobado la cantidad.

«Te quedas con la mitad, ¿no es eso?», se dijo Lic.

Luego observó:

—Marlowe cobraba sólo veinticinco y lo descubría todo.

—Eran otros tiempos y los gastos iban aparte.

—Cosas de la inflación —dijo Lic, «hay que encontrarlo todo caro, si no...»

—Nos hacen un precio especial, no crea.

Salinas cortó el aire con la mano, «a otro perro con ese hueso», y dijo:

—Actuaremos por *management by exception*. —Apuntó a Leigh con el dedo—: Sólo trabajaremos para averiguar lo que no consiga la policía, ¿de acuerdo?

El detective asintió con ojos maliciosos.

Lic añadió:

—Supongo que no estará dispuesto a presentarme a sus amigos de la bofia, ¿acierto?

—Verá usted... No es por mí. Es por ellos. No puedo comprometerlos.

El hombre se quedó cortado y se hizo un silencio incómodo que Salinas, el muy tuno, no quiso abreviar. «Jódete.»

El GARAJE DEL CHALÉ de *Cara de vinagre* ocupaba buena parte de la fachada y era para tres coches *king size*. La puerta, basculante y podía abrirse con mando a distancia.

En cuanto su mujer se hubo marchado al gimnasio —*jazz* o centro de *fitness* o como quiera que lo llamara—, el hombre se montó en la camioneta reluciente color azul eléctrico —una *truck*—. Buscó la estación de radio que daba más noticias y situó la bolsa de viaje sobre el otro asiento.

La cabina del conductor era cómoda y aireacondicionada. Por dentro parecía un dos plazas. La zona destinada a carga iba al aire. Allí John Steam llevaba pico y pala.

En el bolsillo interior de la cazadora de algodón había puesto la carta para el padre de Bill. «No voy a mandarla desde *Elei*... Pongamos unos cuantos kilómetros de por medio. ¡Yeaaahhh!»

Antes de arrancar consultó la *check list* y comprobó que cuanto había anotado estuviera en el interior de la bolsa. Tocó cada objeto, «la peluca, las gafas de sol, el mostacho, la americana a cuadros, mi traje, mis zapatos...».

Al terminar con las verificaciones prendió la hojilla manuscrita e introdujo los restos carbonizados en el cenicero del vehículo.

Condujo por autopista hasta San Juan Capistrano. Allí echó la carta al buzón y enfiló luego la 74 en dirección a Lake Elsinore.

Las noticias de la radio lo fueron animando, «no paran de hablar del asunto y al parecer no tienen el menor indicio».

Se metió por una pista polvorienta que corría por Cañada Chiquita, «tierra de serpientes de cascabel». Tras un recodo, hizo avanzar la camioneta a campo traviesa. Aunque iba con velocidad corta, la cabina fue dando saltos. El terreno era duro y ceniciento.

Cuando acabó de cubrir con tierra y pedruscos la zanja en que había enterrado la bolsa flexible de viaje con todo lo que llevaba encima «el día de la coral», ya anochecía.

Antes de marcharse comprobó que no se viera un alma. Vació el cenicero y dejó que los caracolillos pardos se esparcieran.

«¿Qué hará el padre de Bill cuando reciba la carta? —Y se contestó—: Nada de pagar. ¡Nada de pagar! Irá por los tahúres, ¡así! —Hizo chocar el puño contra el salpicadero—. Y descubrirá lo de Barcelona... Si hay móvil y sospechosos con mala reputación, lo más probable es que la policía corte por lo sano y simplifique. Hay que prefabricar un culpable para que los funcionarios de la maquinaria de la justicia —puso mueca despectiva— tengan la sensación de que se ganan el sueldo. ¡Es el nombre del juego!»

Cuando regresó a casa, su esposa lo estaba esperando para cenar.

—Te hemos hecho algo especial, ¿verdad? —dijo ella señalando a la mexicana que no paraba quieta detrás de la abertura de la cocina.

—He ido a echar el ojo a un terreno que me han ofrecido para construir un hotel —mintió—. No me dejaban marchar. Querían colocármelo a toda costa.

—¿Te ha gustado?

—No es nada especial.

—¿En qué zona?

Iba a responder «por San Juan Capistrano» pero no quiso nombrar el punto desde el que había mandado la carta y dijo:

—Por Laguna Beach.

La mexicana apareció con una bandeja de huachinango al mojo de ajo y la dejó sobre la mesa de mármol negro veteado de blanco. Fue a por otra de burritos de carne asada y, antes de volver al otro lado de la ventana interior, enclavó la mirada en el cogote de *Cara de vinagre* con expresión de «a mí no me engañas».

Cuando Lic regresó a casa de Patricia Dellwood, la chica andaba en correcciones de su novela.

Había convertido en estudio, atestado de libros de arriba abajo, la habitación del ángulo más próximo al océano. La de Lic quedaba justo debajo.

Salinas encontró la puerta de la entrada abierta de par en par, dijo «¡hola!» y se encaminó hacia el único espacio en que había luz.

Era la de una lámpara de brazo extensible y pantalla negra metálica. El foco iluminaba la hoja mecanografiada en que Patricia hacía anotaciones entre tachón y tachón.

Ella se llevó la cola del rotulador a la boca. La mordisqueó y dijo:

—¿Qué?

—Puesss. No sé. Me pesa la noche en blanco. ¿Y tú?

—He dormido un poco. Me acabo de levantar.

Salinas logró reprimir un bostezo y dijo:

—He tomado sopa y ensalada con el sabueso.

—¿Te ha caído bien?

—Si me cayera bien, probablemente no sería buen detective... Ni siquiera, detective. —Y preguntó—: ¿Has cenado?

—Tomaré algo, más tarde.

—Si quieres, podemos llegarnos a una de esas cafeterías de la calle mayor, carretera, autopista para tortugas... —Con idea de animarla aseguró—: Me apetece un café, ¿vamos?

Patricia dejó el rotulador, se acarició la mejilla y dijo:

—¿Te va un *expresso*?

—Hombre..., sí.

Los ojos de Lic se iluminaron y se acordó de las tacitas que solía prepararle la buena de su secretaria —Marisa— en la cocinilla de su despacho de la Plaza Mayor de Madrid.

—Tengo una cafetera que me traje de Roma.

Pronunció «Roma» con el respeto que merecen los lugares sagrados. En general lo hacía cada vez que hablaba de la parte de Europa que goza de prestigio en América.

La chica se levantó —iba descalza— y se fue a una pieza que quedaba entre salón y cocina. Allí, como si se tratase de un tótem que se venera pero no se toca en jamás de los jamases, estaba la cafetera italiana. Repulida. En exhibición.

Lic quiso ser útil y se ofreció a preparar café. «¿Qué polvo de la madre Celestina tendrá?», se preguntó y dijo:

—¿Dónde guardas los ingredientes?

Ella abrió una puerta de tablero plastificado blanco y tomó un envase llenado al vacío con café en grano. Puro colombia.

Luego, un molinillo que se veía en pleno uso. La chica advirtió la cara de extrañeza de Lic y aclaró:

—Por la noche, moler café me sirve de... —Dudó. Iba a decir de «distracción» pero se corrigió—: Me relaja moler el grano y prepararme una buena taza de...

—De café claritis.

—El *expresso* es muy amargo. Muy fuerte. Demasiado.

—Preparar aguachirle con una maravilla como ésta —señaló el envase de color tostado— es como comprarse un Porsche o un Ferrari para quemarlo con esas limitaciones de velocidad que tenéis por todas partes. Nunca había visto tanto deportivo al paso. ¡Puro masoquismo!

Ella lo observaba en silencio, mitad interesada mitad amoscada.

El abogado era un manazas pero se empeñó en no dejarse ayudar. Usó agua mineral de garrafa de plástico, «han comenzado a aficionarse desde que se temen que la contaminación del plomo de las tuberías pueda envenenarlos». Hizo la molienda, «me gusta mucho, muchísimo más ese olorcillo que el sabor de la mejor tacita». Colocó el polvo aromático en su sitio. Lo enrasó. Cerró el chisme, «clac».

Por fin salió el líquido gorgoteante entre bufidos y emanaciones.

Se sentaron a la mesa de la terraza de tablas que volaba por sobre la jungla del jardín. Ella sirvió pastelillos de pasas en un plato de cerámica mexicana.

—¿He alcanzado ya el honor? —preguntó Salinas con zumba.

Ella lo miró con ojos interrogativos.

Él añadió:

—El de entrar en tu novela, *of course*.

—Estás a punto.

—¿Por la puerta grande? ¿Por la de atrás?

—¿Qué importa eso?

—Importa. ¡Importa!

—Depende de ti. —Hizo una pausa—. Bueno, del personaje que se te parece.

—¿Cómo es?

—¿Cómo eres? ¿Cómo eres de veras?

—Tú eres la novelista. Tú sabrás... Lo tuyo es contar historias, describir tipos. —Se sonrió con malicia—. Yo me conformo con vivir.

Estas palabras hicieron mella en Patricia. Se levantó. Se acercó al refrigerador y tomó un par de yogures de fruta.

—¿Quieres? —dijo.

—No, gracias. —Se acordó de la montaña de en-

74

saladas del detective. Le cruzó un pliegue de asco por los labios y aseguró—: No puedo comer nada, nada más. Sólo café.

La chica introdujo una cucharilla en el yogur y mezcló las frutas del fondo con el todo lácteo. Se lo tomó con delectación infantil y, aún con el vasito en la mano, preguntó:

—¿Concibes que alguien dude de seguir viviendo?

—Depende —repuso Salinas poniéndose en guardia.

—¿De qué depende?

El abogado no contestó a la pregunta y dijo:

—Por ejemplo, en tu caso no lo concibo.

«Cara de vinagre» y su esposa charlaban ante la tele. Bueno, charlaba ella. Él se había puesto el contestador automático tras apenas cenar y permanecía con el ojo en los informativos. En guardia. Aferrado al mando de cambiar canales.

El salón podía dividirse en tres espacios con puertas correderas. En el del extremo abundaban trofeos de buenas cornamentas. John solía tomarse un par de semanas cada año para «pegar tiros» en los cotos de Colorado. Iba de un tirón en la *truck*. No le importaba pasarse muchas horas al volante, «forma parte del rito de la caza».

Estaban junto a las cabezas disecadas, hundidos en dos de los sillones que fueron devueltos a su sitio bajo la lluvia y a toda prisa la noche anterior. Detrás del ventanal, una docena de luces opalinas punteaban el perímetro rectangular del césped.

Bridget era chica de comer poquísimo. No sólo la obsesionaban las cosas del adelgazamiento, sino que encima no se conformaba con ayunar y callar. Aunque en general se expresaba con tacto, perdía el norte en cuanto aparecía el dichoso asunto. Que si «fulanita está hecha una foca. Da asco». Que si «zutano ha adelgazado una barbaridad. ¡Guapísimo!».

—¿Vas a empezar tu régimen otra vez? —preguntó.

Ella sí era capaz de perseverar con dietas hipocalóricas, «pero la mayoría de la gente no tiene fuerza de voluntad». Su marido entraba en el grupo de mayoría de la gente. Por lo menos en lo tocante a asunto —según ella— tan capital.

La mente de John estaba en el entierro de Bill. «No tengo más remedio que asistir. Cualquier excusa, aparte de estar mal visto, podría levantar sospechas.»

En la pantalla de la televisión un cómico hacía parodias ácidas a costa de los candidatos a la presidencia.

—Con unos días de guisos sin grasa te quedarás otra vez con la barriga plana —insistió ella.

Él se llevó la mano a la cintura:

—Cuando volvamos de Europa.

—Cuando volvamos del viaje. Cuando terminen las vacaciones. Cuando... ¡Excusas!

—Esta vez lo haré.

—Si lo digo por tu salud. Ya no tienes treinta años. ¡Qué ojeras! ¡Qué mal color! —Hizo una pausa—. ¡Vaya día!

John Steam la observó con mirada recelosa y preguntó:

—¿Algún problema?

Ella no dijo ni sí ni no. Se levantó y se acercó a la abertura grande que unía salón y cocina para comprobar que la criada no estuviera escuchando. No había nadie.

Bridget se dijo: «Debe de andar ya en el dormitorio.» Y se sentó de nuevo al lado de su marido.

Permaneció en silencio mientras el imitador terminaba con uno de sus chistes destructivos. Tenía gracia pero John no movió un músculo del rostro; como si no lo hubiese entendido o ni siquiera escuchado.

Bridget señaló la cocina y con voz sorda:

—Me temo que está embarazada.

—¿Juani? —preguntó elevando una ceja.

Dijo «*Huani*» en realidad.

—Sí. Me parece que el jardinero que viene por casa... El chicano ese.

—Y ahora, ¿qué?

—Es un problema. Una ilegal. —Suspiró y, al exhalar el aire, dijo como si lo escupiera—: Una *illegal alien*.

—¿Qué vas a hacer?

—Es difícil aconsejarla. Esa gente no se fía de nadie. Si los cazan en algo, no confían ni en los abogados defensores. —Frunció los labios—. Cualquier cosa que recomendemos, se la tomará a mal.

—Vaya...

Cara de vinagre se interrumpió para escuchar las noticias.

Ya en el índice mencionaron lo de la coral. El hombre tuvo una mezcla de sensaciones. Por una parte calificaron el crimen de «retorcido». Un escalofrío le recorrió la espina dorsal. Por otra, se dijo: «Si lo citan en *Elei*, en los informativos de San Diego debe de ser un bombazo.»

John Steam había dado a su esposa la noticia de «lo de Bill» con las mismas palabras de Raquel. Bridget conocía poco al muerto y, al enterarse de lo ocurrido, empezó a preguntar: «¿Qué vida llevaba?» «¿Cómo ha podido llegar a sucederle una cosa así?» «¿Se movía en ambientes turbios?» «¿Traficaba con droga?»

John Steam se encastilló en el «¿quién sabe? La gente a veces no es lo que aparenta». Y no se movió de ahí.

Bridget imaginó que la desgracia había afectado mucho a su marido y no volvió a hablar del asunto. Ahora ponía gesto grave mientras él escuchaba con atención.

El presentador dio un resumen de los hechos y acabó preguntándose: «¿No será un ajuste de cuentas mafioso?»

Cuando el informativo derivó hacia la crónica de proezas deportivas, Bridget se arriesgó a decir:

—De veras, ¿no quieres que te acompañe al funeral?

John ya le había dicho que no con sequedad.

—No... no —insistió. Cruzó flojamente las manos y con sonrisa acartonada—: No conoces a la familia. Sería inútil. Todo eso pertenece a otra época de mi vida.

La imagen de su primera mujer le tomó cuerpo en la mente. La vio como si fuese su madre. Notó una ternura antigua y se dijo: «¿Sería capaz de contárselo? ¿Sería ella capaz de vivir conmigo sabiendo lo que he hecho? ¿Me traicionaría?»

Observó a su mujer y ahora vio en ella a su hija vestida con ropa cara.

Bridget trató de sacarlo de su ensimismamiento:

—No sabes cuánto me ilusiona el viaje a Europa. Allí podremos pasear, ver ruinas viejas de verdad, estar juntos todo el día. —Blandió el índice y precisó—: Bueno, cuando no estés ocupado, señor importante.

Él asintió con la cabeza y volvió al problema doméstico:

—¿De cuántos meses está?

—De dos, de tres —dijo Bridget con cara de «¿quién sabe?».

—No podemos dejar en medio de la calle a una embarazada. Hay que encontrar una solución.

PATRICIA SE APOYÓ EN LA BARANDILLA de madera nudosa y dejó que la mirada se le perdiera océano adentro. Barrió la superficie desde las reverberaciones de farolas de la orilla hasta los reflejos de haces de luna que se colaban entre nubes.

Protegida por las sombras de la vegetación que flanqueaba la terraza encontró fuerzas para decir en un murmullo:

—En mi novela hay una mujer que ha decidido... —Se corrigió—: Bueno, que casi ha resuelto...

Lic abrió mucho los ojos. Tomó un filipino de su purera de becerro gastado y lo encendió con lentitud hasta que todo el foco calorífico se convirtió en brasa.

En la noche, el blanco de los ojos del abogado parecía mucho más puro.

Lic no lo sospechaba, pero era su mirada y más concretamente «esa nieve» que abrazaba los iris vivos y chungones lo que podía empezar a prender en la chica.

—Que casi ha resuelto, ¿qué? —preguntó Salinas tras advertirse: «Lic, te vas a meter en un lío del carajo.»

Ella dejó vencer el cuerpo hacia atrás. Apoyó la nuca en el respaldo del sillón blanco de resina y dijo:

—La mujer de mi novela es escritora y está pensando en el suicidio.

—Anoche me dijiste que escribías sobre un escritor.

—Hoy nos conocemos más. Somos ya amigos de veinticuatro horas.

Lic la observaba con expresión de «¿Y?»

—Y puedo contarte más cosas.

—Cuéntame sus penas. Debe de tener una vida muy achuchada, ¿no?

—Vive en la costa sur de California. Puede pagarse eso que los tontos consideran buena vida. Es razonablemente joven. Tiene lo que se ha dado en llamar libertad. Sus libros funcionan bien. Su carrocería está dentro de los estándares que vende la publicidad de hoy día y el motor le funciona sin necesidad de demasiados estímulos.

—Por ejemplo, ¿como quién?

Y pensó: «A ver, ¿por dónde me sales ahora?»

Ella se acodó sobre los brazos del sillón y acabó por escorarse hacia el costado izquierdo. Sonrió. Clavó los ojos en el abogado y dijo:

—Es de ficción.

—Ya.

Dejó exhalar el humo. Volutas azuladas.

Patricia endureció el gesto. Con voz ronca:

—¿Y si te dijera que soy yo? ¿Y si te dijera que estoy dándome la última oportunidad? Suelo encontrar buenas salidas a mis criaturas de ficción y quizás...

—¿Incluirás lo de la coral en tu historia? ¿Y lo del hijo de Bill? ¿Y lo del propio Bill? Ahí tienes un cadáver que no es de novela.

Ella se tapó la boca con la mano. Luego la dejó deslizar por la manga de la blusa. Salinas se fijó en el brillo del satén rosa. Brillo tenue.

—La mía no es una novela negra.

—¿Cómo es? ¿Rococó?

—Más bien terminal.

—¿Por qué no incluyes un asesinato con serpiente? Si eres tan buena adivinando lo que les pasa a tus personajes, quizá seas capaz de dar con el porqué, el quién y los flecos de lo de Bill.

—¿Quieres explotarme?

Lo dijo con una chispa de sarcasmo.

—Te propongo una especie de simbiosis.

—¿Para formar la extraña pareja?

Lic apoyó el mocasín en el barandal:

—¿Cómo piensas meterme en tu novela?

—*A vous de jouer* —repuso en un francés muy bueno.

—¿Quieres que te la escriba yo?

—Si lo prefieres, vívela. Yo haré la crónica.

Salinas fue por una bandeja grande. Recogió los restos de yogur, *cookies* y como él llamó «demás gilipolleces» y preguntó:

—¿Dónde guardas el *morapio*?

Dijo *morapio* en castellano. Ella lo miró con ojos de «no gasto de esa droga».

Lic puso cara de pillo y aclaró:

—¿Dónde tienes la bodega?

Pensó en el comisario Rebollo y se dijo: «Voy a prepararme un buen pelotazo.»

Encontró una botella de escocés *rare*. La etiqueta aseguraba que la marca había tenido clientela de calidad: Jorge III, la reina Victoria, Eduardo VII...

«Voy a meterme un buen lingotazo entre pecho y espalda», se dijo Salinas.

—¿Te apetece? —preguntó.

—Ponme un poco —repuso ella apretando índice contra pulgar.

Cargó los vasos de hielo con el dispensador automático de la nevera y dejó caer:

—¿Quién crees que puso la coral?

—Eso es lo que te preocupa.

Había reproche en el tono de la chica. Lic se hizo el longui e insistió:

—¿Quién lo hizo, según tú?

Patricia se chupó la cara. «Si fuese tan flaca, me gustaría menos», pensó el abogado.

Ella se mordió el labio inferior y acabó por susurrar:

—Parece un asesinato que busque la publicidad. —Se dirigió a la revistera. Extrajo un par de periódicos y se los mostró—: Primera plana en el *San Diego Union*. También, en el *Tribune*.

Un titular rezaba «Picadura de coral»; el otro, «Atentado con serpiente».

La chica se acercó al dormitorio y regresó con el *Los Angeles Times*:

—También viene —aseguró mientras buscaba la noticia en las tripas del diario—. Y en los informativos de la tele, dale que dale. Fotos de Bill. Fotos del niño. Entrevistas con expertos en serpientes venenosas. El condominio por aquí, La Jolla por allá.

Patricia vació el vaso de un trago, a la rusa, y se sirvió más. Mucho más.

El rostro le ganó vida. Arreboles alcohólicos. Al tercer whisky tenía mirada errática y vulnerable.

Al cuarto, rompió a llorar de sopetón. Salinas se acercó para intentar tranquilizarla y ella lo abrazó con fuerza, casi con desesperación. Lloró y lloró en brazos del abogado que iba diciéndose cosas como «¡madre mía!» o «pobre chica» mientras le daba golpecitos suaves en la espalda. Parecía una madre que acunara a su bebé.

Tan pronto como Patricia dejó de sollozar, Lic dijo:

—Ahora, un vasito de leche y a la cama. Estamos agotados.

El abogado Salinas le preparó leche tibia. «Con el calorcillo, se dormirá antes.» La acompañó al cuarto de baño y, no bien salió, la llevó al dormitorio. Esperó a que se desvistiera y entró para arreglarle el embozo de la sábana. Fue a darle un beso en la frente, «buenas noches», cuando ella se le abrazó de nuevo y dijo:

—Quédate conmigo.

Lic se quitó los zapatos. Se tumbó a su lado y a los pocos minutos se habían dormido abrazados.

Clareaba ya cuando Lic se despertó. Patricia dormía con la cabeza sobre el brazo y respiración ligera.

Tuvo que acercarse mucho para oírla, «parece que esté...». No fue capaz de acabar de decirse... «que esté muerta».

Hacía frío. En San Diego suele refrescar de noche. La tapó hasta la barbilla con la sábana celeste y salió al jardín para bajar a sus dominios y meterse en la bañera, «no quiero despertarla con el ruido del agua».

Había conectado un transistor. En los espacios informativos ya no se hablaba del asunto. «¿Qué tiene que suceder para que una noticia dure más de veinticuatro horas?»

El abogado pensó en Madrid, en el pub de Ana. Pronunció en voz baja «el Golden Lion» con el acento macarrónico que gastaba la rubia y se dijo: «Ahora mismo debe de andar echando la partida de dominó con Rebollo, Alex Comas y ese dentista de mierda... O con algún moscardón.»

Y se puso a compararla con Patricia. Que si Ana tiene «más cuerpo». Que si «es más cachonda».

Se acordó de una frase del comisario Rebollo: «En la duda, la más tetuda.» Y se sonrió. Sonrisa de tiburón.

Al imaginarse a la bella durmiente del piso de encima fue notando una inclinación difícil de definir. «¿La atracción del abismo?»

«¿Me estará tomando el pelo? ¿Estará usándome

84

de público para representar una tragedia? ¡No!, el llanto era auténtico.»

Se enjabonó con champú de arriba abajo, «¡qué olorcillo más bueno!», y volvió a meterse en el agua sin aclararse el cabello. «Voy a llamar a la ex de Bill en cuanto desayune. Quizá Sheila pueda contarme algo.»

Mientras se embadurnaba la cara con espuma de afeitar, se dijo: «Ahora tengo ya al detective chupando rueda de la bofia. —En el Soupplantation, antes de despedirse, el sabueso se había ofrecido a asistir al entierro con cámara en ristre, como si trabajase en alguna emisora de televisión—. Veremos qué sacamos del vídeo. —Se quedó en blanco por unos minutos y se fue a otra cosa—: Sólo me falta meter las narices en los negocios de Bill y... ¿Y quién puede ayudarme en esto? —Se miró en el espejo con ojos de pícaro y se contestó—: Por supuesto, Raquel. Ella misma se ofreció...»

Un relé interior le advirtió: «No seas tan cabronazo, que el muerto es Bill.» Y se arrepintió sin saber a ciencia cierta de qué.

Desayunó una zanahoria, «mi ración de vitamina A. Mi seguro de vida». Y un par de tazas de café-café. Miró la hora por enésima vez. «Esperaré unos minutos y telefonazo al canto.»

Para matar el tiempo se puso a curiosear. Los estantes de las paredes ciegas del salón contenían novelas. A la altura de los ojos encontró las escritas por Patricia.

«Tendría que haberle preguntado por sus libros —se recriminó—. Bueno... Veamos las solapas, así daré la impresión de saber de qué va la cosa.»

La primera novela se titulaba *Soles que encharcan*.

La edición era de tapa dura. La foto de Patricia, sepia. El resumen la presentaba como una especie de *enfant terrible*, «eso lo dicen de casi todos los que no andan con un pie en el otro barrio».

Lic estaba leyendo a toda prisa y en diagonal, *su prosa es turbadora*, cuando oyó detrás de él la voz de la chica:

—Trata del día en que tuvimos el accidente. ¿Qué hubiese sido de nosotros? ¿Qué hubiese sido de él si yo hubiese muerto en su lugar? ¿Desaparecí también yo con aquel choque?

—La leeré.

—Si te empeñas...

La chica llevaba una bata de seda azul cielo. Sin pintar y descalza parecía mucho más joven.

El abogado devolvió los libros a la estantería y preguntó:

—¿Has dormido bien?

Ella asintió con un gesto. Él miró el reloj de pulsera de caracteres romanos:

—Voy a telefonear a Sheila.

Patricia se quedó en la cocina mordisqueando una galleta con incrustaciones de chocolate. No quería perderse coma.

Contestó a la llamada una voz grave que, al principio, le puso todo tipo de obstáculos: «Sheila no se encuentra bien.» «Quizás en otro momento...»

Salinas se presentó como «compañero de universidad de Bill» y quiso saber:

—¿Con quién estoy hablando?

—Soy el padre de Sheila. Mi hija está muy afectada.

—No sólo era amigo de Bill. Además, tengo el encargo de hacer una investigación sobre lo sucedido.

—¿Por cuenta de quién? —preguntó el hombre ablandando el tono.

Le dio el nombre del banco y dejó caer que la compañía de Bill era cliente, y de los buenos, de Raquel Dellwood.

—¿Desde dónde me llama?

—Estoy en Del Mar.

—Mi hija ahora no está en condiciones de hablar

con usted, pero podemos acercarnos cuando vayamos al funeral.

Salinas contestó:

—Un momento. —Y tapó el auricular para decir a Patricia—: ¿Te importa que los reciba aquí?

Ella dudó. Le cruzó una sombra de recelo por el rostro y acabó por aceptar.

Tan pronto como Lic colgó el aparato, Patricia advirtió:

—Cuidado con esa mujer.

—Cuidado..., ¿por qué?

Ella fue a decir algo pero prefirió callarse.

Salinas se le acercó mucho —tanto que llegó a captar un tenue olor almizclado—. Le rompió la burbuja personal y preguntó de sopetón:

—¿Qué me ocultas?

—Nada —balbució.

Súbitamente se le ensancharon las pupilas.

—Temes que Sheila me cuente algo que no quieres que sepa, ¿verdad?

—No... No.

—¿A quién quieres proteger? ¿A tu hermana?

—Si Raquel tuviese algo que ocultar, no te hubiera contratado a ti ni a nadie —aseguró con voz hueca.

«Vamos por buen camino. Adelante. Adelante. Cuéntame lo que tienes en esa cabecita tan mona. Cuéntame», se decía el abogado. Para animarla a seguir, la pinchó:

—A veces las cosas no son tan sencillas. A lo mejor tu hermanita prefiere que haga la investigación un viejo amigo que...

—Te equivocas —lo cortó—. No conoces a mi hermana. No la conoces en absoluto.

Los ojos de niebla de Patricia habían adquirido brillo. Estaba furiosa.

Y Lic, que marrullero, la siguió provocando:

—¿Qué tiene que ocultar Raquel? ¿Por qué se ha empeñado en contratarme?

La chica se cruzó de brazos y estalló:

—¿Es así como piensas resolver el caso? ¿Inventándote historias ridículas?

—Imaginemos una novela: el banco de Raquel está interesado en hacer desaparecer a Bill y decide matarlo de forma que parezca un ajuste de cuentas. Cosa de facinerosos. —Se apoyó en la pared y prosiguió—: Tu hermana quiere tener la seguridad de que el procedimiento es inatacable y contrata a un abogado de confianza para que se haga cargo de la investigación. Si no averiguo nada, perfecto. Si me huelo algo, en cuanto me acerque demasiado me pagarán generosamente y adiós, muy buenas. ¿No es eso?

«Y encima estarán al día de cuanto vaya averiguando la bofia», se dijo.

Ella dio media vuelta. Le espetó:

—¿Eres amigo de Raquel? ¡Cómo serán sus enemigos!

Y se fue al dormitorio.

PATRICIA SE VISTIÓ A TODA PRISA. Se montó en el todoterreno y, haciendo mucho ruido con el motor, se
alejó de la casa como alma que lleva el diablo.

«Ni una palabra sobre la llantina de anoche —se
dijo Lic, plantado en el centro del salón de la chimenea—. Y, ahora, va y se marcha a la francesa.»

El abogado se repantigó en un sillón muy grande de cuero negro, cara al Pacífico, y encendió con
parsimonia un filipino, «para compensar las vita-
minas de la zanahoria, que hay que mantener el
equilibrio en todas las cosas».

Dio un par de chupadas y se dijo: «En este país
se tienen que aprovechar los momentos de soledad
para darte el gustazo; que si te ve alguien, se cree
en la obligación de fruncir el entrecejo. —Exhaló
hacia arriba volutas azulencas de humo—. ¿Por
qué no comen más fruta y verdura fresca?, en lugar de engullir día sí día también comida de plástico que sólo sabe a las salsas en technicolor que
le echan por encima. ¿Será por eso que sufren una
epidemia de *fatibombas*? ¿Por qué se habla tan
poco de los gordos americanos? Masas de grasa
como no he visto en otra parte. Gordos, gordísimos.
Mucho, mucho más *fatis* que el gordo de *El gordo
y el flaco*.»

Se sonrió con mueca de conejo y pensó: «Son
exagerados en todo.»

Lic acostumbraba a tirar los cigarros a la mitad,
«van a peor. Se cargan de alquitrán y...». Salió a la

89

plazoleta que daba a la fachada. Aplastó la colilla y le dio un puntapié para introducir los restos en la reja de hierro de un desagüe. «No quiero apestar la casa de la monísima Patricia.»

Se puso a tararear la música de Pérez Prado: «¡Patricia! Tararara...ra ¡Patricia! Tara...ra.» Anduvo a ritmo de mambo, moviéndose a golpes de cadera.

Se acordó de la coral y de Bill. Inconscientemente pasó a la posición de firmes.

El sol caía a plomo y empezaba a hacer calor. «¡Cómo cambia la temperatura en pocas horas!» Olía a mar y a flores. El viento le alborotaba el cabello lacio y oscuro.

Salinas volvió a entrar en la casa y le vino a la imaginación la novela que estaba escribiendo la chica. «¿Y si hay algo que...? A veces, la ficción esconde lo que no se puede decir de otro modo.»

Ni corto ni perezoso se encaminó al estudio y se sentó a la mesa de pino. Delante tenía un ventanal, las hojas de unos *banana palms* que se inclinaban desde la jungla del jardín y las líneas de espuma paralelas y despaciosas del romper del Pacífico.

Sin pizca de embarazo, se puso a curiosear. Pronto dio con la carpeta burdeos en que guardaba los folios mecanografiados y llenos de correcciones.

Salinas se puso a buscarse entre los personajes. Había cincuenta páginas y empezó por el final.

Le llamó la atención una hojilla crema con anotaciones a lápiz y el dibujo esquemático de un hombre. Al pie: «EL ABOGADO SUDEUROPEO», escrito con mayúsculas y tachado. Debajo: «EL ABOGADO DE LA DIABLESA.»

Lic devoró las anotaciones hechas con letra menuda e irregular.

«Me gusta cuando pone cara de pícaro —rezaba la primera—. Me fastidia que lo quiera saber todo y encima no te cuenta nada de su vida. ¿Vive con alguna mujer en España? ¿Hijos? Raquel dice que no tiene ataduras serias pero, ¿quién sabe?»

«Viste demasiado clásico. ¡Qué manía con el blazer! ¡Qué poca imaginación!», había anotado al final de una flecha que señalaba la chaqueta sombreada.

Le había dibujado en la boca un puro con forma de trompeta. Al lado: «Se nota que no vive en América.» Y, más allá, el croquis de una tumba con una cruz. «Tampoco llegará a viejo.»

Lic ensombreció la cara y se preguntó: «¿Por qué no llegaré a viejo? ¿Por fumar?, ¿o por venenos más inmediatos?»

Los tóxicos lo llevaron a la coral. Quiso borrarla de la mente y siguió leyendo las caligrafías de Patricia. Otra flecha señalaba unos ojos que parecían de lechuza: «Muy vivos. Mucho contraste. Blanco-blanco.»

Dentro del rectángulo de luz que penetraba en el estudio, avanzó una sombra.

Salinas levantó súbitamente la cabeza para ver quién se había colado sin un ruido de pisadas.

«CARA DE VINAGRE» NO HABÍA ACUDIDO a la oficina. «El funeral» lo tenía obsesionado, como si se tratase de la última prueba de una oposición.

Aquella mañana avanzaba a paso ligero por un circuito de tres millas que hubiese podido seguir con los ojos vendados y discurría por aceras ajardinadas de los aledaños de su chalé. Era el que solía recorrer las tardes que regresaba pronto.

Tenía ojos vítreos y los rasgos se le habían afilado. La cara parecía más hocicuda.

Para mantener a raya «lo de Bill», procuraba concentrarse en otro problema, el de su criada:

«Si *Huani* no quiere abortar, que no lo haga. A la buena mujer debe de hacerle ilusión tener un hijo que nazca en *Elei*. ¡Lógico! Seguramente es el sueño dorado de muchas chicanas. —Se cruzó con una vecina que lo observó con ojos de "a estas horas deberías estar trabajando en tu oficina". Pero él, ni caso—. La habitación de *Huani* tiene dos camas. Podemos proponerle que llame a alguna parienta joven y limpia... Esa gente siempre tiene multitud de familiares...»

Aceleró, «ahora un *sprint* corto».

«Con que ya no tengo treinta años, ¿eh? —Le había escocido el comentario que había hecho Bridget la noche anterior—. Estoy más en forma que muchos de esos jovenzuelos que no tienen media bofetada.»

Aflojó el ritmo no bien adelantó a una chica guapísima que también hacía jogging. Pantalones negros de ciclista, camiseta fucsia. Iba conectada a los auriculares y ni siquiera lo miró.

John Steam volvió al ritmo suave y a Juani:

«Bridget quiere que la mujer aborte. No se da cuenta del problema. —Sacudió la cabeza—: No nos damos cuenta del problema. Esas ilegales aceptan andar esclavizadas en nuestros chalés. Aceptan que las tratemos a patadas. Que las amenacemos con la expulsión. Que les paguemos una miseria... porque saben que tarde o temprano entrarán en los *States*. Ellas o sus hijos o el Espíritu Santo. Pero acabarán por entrar y... en una democracia y con su tasa de reproducción... algún día tendremos que tragarnos un hispano en la Casa Blanca. ¡Al tiempo!»

Recordó la anécdota del chicano que cruzaba hacia el norte por una frontera de Texas y se dejaba cazar por los *migras*. Cuando le preguntaban «¿por dónde ha pasado?», respondía «por Tijuana» para que lo expulsaran por allí y viajar por cuenta del gobierno de los Estados Unidos hasta California. Cuando deseaba volver a casa, repetía la operación a la inversa.

Cara de vinagre se dijo: «Y encima son astutos esos condenados. ¡Muy astutos!»

ERA PATRICIA.

Llegó a motor parado. Quería «ver qué estará haciendo Lic».

Se introdujo descalza en la casa. Avanzó por la moqueta y...

Salinas pasó del sobresalto al «me has pescado». Ella lo observó en silencio.

Lic resolvió decir con no poco embarazo:

—Me has cogido *in fraganti.*

—Es muy feo lo que estás haciendo —afirmó con gesto burlón.

—Me moría de curiosidad por ver qué has escrito sobre mí —aseguró él.

Vio que Lic tenía delante el esquema de sí mismo y preguntó:

—¿Te gustas?

—Tienes madera de dibujante de cómics.

—¿Has leído algún capítulo?

—No me has dado tiempo. —Se puso en pie llevando los folios en la mano y, zalamero, propuso—: ¿Me los dejas leer?

—¿Quieres decir, sin hacerlo a escondidas?

—Eso —repuso con zumba y sin soltarlos.

Ella arguyó:

—Aún no están corregidos.

—Mejor.

—¿Qué buscas?

Salinas contestó con otra pregunta:

—¿Aparece Raquel por alguna parte?

La chica dudó y acabó por admitir:

—Sí.

—¿Cómo se llama en la novela?

—Raquel... Y tú, Salinas. —Concretó—: Licinio Salinas, de profesión abogado y MBA por Harvard.

—No te andas con chiquitas, ¿eh?

—Ya te he dicho que para mí esta obra es la últi...

Se le ahogó la voz. La tenía ligeramente nasal, como de resfriado, y no se le cortó de sopetón sino que fue extinguiéndose a lo ancho de toda la palabra «última».

«¿Habrá dejado los folios a mi alcance para que los curioseara en su ausencia? Pero...; si de veras quería que los leyera de extranjis, debería haberme dado más tiempo. Ha aparecido demasiado de prisa. Si quisiera hacerme morder ese anzuelo, lo lógico sería dejarme solito en casa un buen rato para que los devorara a gusto y luego hacer como si no se enterase de la película», se fue diciendo Lic con el ceño a media asta.

Ella dio un giro a la conversación:

—He ido por provisiones. —Y con aire de «aquí no ha pasado nada» propuso—: Podemos hacer un *brunch*. Luego, entre la visita de Sheila y el funeral apenas quedará tiempo de tomarnos un bocadillo.

Salinas quería echar el ojo a lo que estaba escribiendo Patricia. Aunque era de los que creen en «quien pregunta se queda de guardia», se arriesgó:

—¿Puedo leerlo?

Ella no dijo ni sí ni no, y se encaminó al espacio que era ombligo de la casa y daba a la cocina por derecha, izquierda y la abertura del centro.

Lic la siguió con el original. Se sentó en uno de los silloncitos de la barra que separaba suelo y paredes de mármol blanco y fogones tecnificados del resto de la casa. Abarcándolo todo con la mano, soltó:

—¿De dónde has sacado tanto dinero?

—La mejor defensa es un buen ataque, ¿no? —repuso ella tras hacer un mohín.

—Sí, me parece muy sano tener un buen pastón... Como dice Charly Brown «es mejor ser rico y gozar de buena salud que pobre y estar hecho polvo».

Patricia avinagró la cara y dijo:

—Esta casa vale un millón de dólares. Son los derechos de autor de mis dos últimos libros. —Y precisó como si creyera que le iba a interesar—: La mayor parte del dinero viene de ediciones de bolsillo.

—¡Vaya...! Si me podrías retirar.

—¿Cómo?

La chica no captó el sentido.

—No... Nada.

Patricia se puso a cortar por la mitad panecillos y disponer en pequeñas bandejas queso fresco, cebolla cortada, rodajas de tomate y salmón ahumado.

Salinas fue llevándolo todo a la mesa de la terraza.

Ella echó mano de un tinto californiano muy bueno y dijo:

—Te salen las cuentas, ¿verdad? Esta casa es todo lo que tengo. Sólo creo en el dinero que se puede disfrutar.

Lic le dio la razón con un gesto. Señaló el *brunch* y se relamió.

—Cuando vivía en Nueva York, lo tomaba los domingos con unos amigos judíos —dijo la chica no bien se hubo sentado. Entrecerró los párpados—: Después del accidente me marché... Allí empecé a escribir.

Sonrió con acidez.

Lic recordó el título de la primera novela y preguntó:

—¿Qué significa *Soles que encharcan*?

—A veces, no eres capaz de absorber la luz. Eres

como un terreno impermeable y la energía queda encharcada sobre tu piel.

Salinas se dijo: «Le va el rollo metafísico», y untó un panecillo con queso fresco. Lo cubrió de tomate y luego con láminas de salmón. Se puso un poco de cebolla, como si la espolvorease, y dio un buen bocado:

—¡Bueníssssimo! —exclamó en castellano. En cuanto lo hubo engullido buscó el tono más amable que pudo encontrar entre los de su repertorio—: ¿Te ha visitado algún médico?

Ella engarfió los dedos sobre el canto de la mesa.

—¿Qué quieres decir?

—Después de lo que te pasó, quizás...

—¿Un psiquiatra?

—Algo así.

—Al principio me visitó uno, hasta que me harté. Luego pensé que la mejor terapia estaba en mí misma y me puse a escribir.

Patricia hablaba ahora muy despacio. La mirada fija.

Ella no había empezado aún a comer. Lic le preparó medio *roll* con el mismo esmero que si hubiese sido para sí mismo y la animó a probarlo.

La chica le apoyó la mano en el brazo, «gracias».

«¿Andará pensando de veras en suicidarse? ¿Será verdad lo de la novela que está escribiendo, ahora? ¿Formará ella parte del *show* que me han preparado para hacerme jugar el rol que les convenga? Que convenga, ¿a quién? ¿A quién, Lic?», le bullía en la cabeza y, un poco por escapar de sus propias cavilaciones, preguntó:

—¿Qué salida ves a la protagonista de tu novela?

—¿Te refieres a Patricia? —susurró Patricia.

—Veo que lo estás haciendo muy realista.

—Totalmente. Ya te advertí la otra noche.

Frunció los labios y blandió el dedo.

—¿Se te ocurre alguna solución para que la cosa acabe bien?

—¿Por qué te empeñas en parecer tan simple, Lic...?

—¿Lo consigo?

—A veces.

Él insistió:

—No te salgas por la tangente y dime: ¿Puede haber *happy end*?

—¿Qué crees?

El abogado dejó de comer. Apoyó la barbilla en la palma de la mano y aventuró:

—Que me faltan datos y no me los quieres dar. Si me contaras lo que sabes, quizá pudiera contestarte y también... —acabó como una metralleta— entender mejor lo que llegó a ocurrirle a Bill.

«CARA DE VINAGRE» LLEGÓ A CASA empapado de sudor, «menos toxinas», y se fue en busca de la chicana para que le preparase un jugo de naranjas recién exprimidas.

El ritual del jogging exigía el zumo y acababa con una larga ducha. Agua caliente, luego fría y templada al final. Siempre lo mismo. Era hombre de hábitos.

Llamó a Juani, pero la mujer no acudió. Subió al piso, «debe de estar limpiando arriba». La llamó: *«Huani, ¡Huani!»* No dio señales de vida.

«No sale nunca. Se muere de miedo sólo con pensar que puedan pedirle la documentación», se dijo poniendo cara de extrañeza.

Volvió a la planta baja. La buscó por la zona de servicio, y por fin la encontró. Estaba en su dormitorio con la puerta entornada. La mujer hizo como si no lo oyera y continuó metiendo sus cosas en una maleta enorme de lona.

John Steam llamó, «¿se puede?». Y, negando con la cabeza, preguntó:

—¿Qué hace, *Huani*?

—La maleta.

—¿Qué pasa, *Huani*? ¿No está contenta con nosotros?

—No es eso.

Lo miró, pero no a la cara. Los ojos pequeños y ansiosos de la criada le enfocaron la nuez.

Él la invitó a sincerarse con gesto de «adelante, cuénteme».

Juani titubeó, pero logró articular:

—Ya he llegado a un acuerdo con la señora. No hay problema. Me voy. *No problem. No problem.*

—Está embarazada, ¿verdad?

Respondió con un sibilante:

—*Yessss.*

—*Huani,* ¿quiere irse?

No respondió. Ahora puso los ojos a la altura del esternón de *Cara de vinagre.*

—Dígamelo con franqueza.

—Ya he hablado con la señora. *It's okey. Okey* —escupió comiéndose un montón de consonantes.

John Steam le apoyó la mano en el hombro. Ella echó el cuerpo hacia atrás.

Él insistió:

—De veras, ¿quiere irse?

Lo miró a la cara en silencio. Sus ojos parecían dos piedras negras y amenazadoras.

Steam dijo con autoridad:

—Si no desea marcharse, no tiene por qué hacerlo. Encontraremos una solución. —Le guiñó un ojo. Acabó por exclamar con acento mexicano—: *No problem!*

Juani ablandó la postura de andar siempre a la defensiva y musitó:

—Gracias.

Cara de vinagre salió de la habitación y ya desde el corredor:

—*Huani,* la naranjada. Me la tomaré en cuanto salga de la ducha.

John subió al dormitorio. Se quitó cuanto llevaba encima y lo introdujo en un tubo ancho que caía en vertical hasta el cuarto de las máquinas de lavar y secar ropa. Se metió en el baño. Dio la máxima presión al chorro de agua y se puso debajo.

Envuelto en el albornoz y con la copa de zumo en la mano, «te quedas como nuevo», se sentó a la mesa del gabinete.

Extrajo el llavero del doble fondo de un recipiente de cerámica ocre y firmada. Abrió el archivador.

Tomó una carpeta y se puso a contemplar los planos de un gran buque. El *John Silver*.

«El gran casino flotante. ¡Qué cruceros! ¡Qué negocio! Lejos de estados que te brean a impuestos. Lejos de leyes para contentar a electores de medio pelo. Lejos de los profesionales del chismorreo... Bajo pabellón de república bananera... Es decir, sin tener que aguantar disposiciones de calientasillas ni de burócratas. Es casi, casi, la libertad del corsario. —Entrecerró los párpados hasta dejar apenas dos ranuras—. *Sólo para vips*. ¡Qué *slogan*! El lanzamiento en cascada es el más seguro. Primero admitiremos a bordo exclusivamente a la crema de la crema y bien pronto tendremos en lista de espera a un montón de bobos que querrán imitarlos... Luego vendrá el segundo casino flotante, el Mediterráneo admite dos o tres rutas permanentes. Más adelante otro por el Caribe y otro... Llegaremos a ser líderes en el mercado del juego de calidad.»

Le vino a la mente «lo de Bill», y se dijo: «París bien vale una misa.»

Cerró la carpeta. La devolvió «a su sitio» y fue a vestirse. No sabía si ponerse corbata negra o simplemente seria. «Bill, tú no sospechabas que íbamos tras el contrato del *John Silver*. Para ti la vida era tan simple... Tu papaíto te solventaba todas las papeletas, ¿verdad? Pero esta vez el filón que te había preparado tan bien ha pasado de largo.»

Se metió en el dormitorio y esparció varias camisas y corbatas por sobre la cama. «¿Habrá recibido el padre de Bill mi carta...? Bueno, digamos la de los mafiosos del juego ilegal de Barcelona... que hay que irse poniendo en situación.»

Estaba a punto de elegir ya corbata azul marino y camisa de color marfil, cuando pensó: «La corbata de Harvard. ¡Claro! Dará sensación de solidaridad con Bill y no tiene la exageración del luto. ¡La de Harvard! Decidido.»

Mientras esperaba a Sheila —que empezaba ya a retrasarse— Lic se había enfrascado en la lectura de los folios.

El calor apretaba y la dueña de la casa conectó la refrigeración. Salinas se había arrellanado en los cojines enormes de un ángulo del estudio, «así, en cuanto llegue Sheila, podré dejar el original en un cajón y ni siquiera verá las tapas».

Esta vez empezó por el principio:

«Hay algo con lo que sí me noto a gusto: con mi nombre, Patricia. Es la única parte de mi piel que no me escuece. El resto de sensaciones que me llegan del exterior y de mis adentros tienen puntos —o mares— de ácido. Intento imaginar un futuro. A veces intento construirlo, pero acabo por acumular las repeticiones que quiero dejar atrás.»

En la página veinte aparecía su hermana, «mi cordón umbilical».

Patricia definía al marido de Raquel como «compañero indeseable de viaje. A ella, más que los despendoles de ese señor, lo que le duele es el ridículo —el de los dos—. El prestigio es la base de su carrera en el banco y el maridito ese no se conforma con ponerle los cuernos, sino que además quiere que se sepa. Un pobre diablo».

Dos páginas más adelante volvía a aparecer Raquel. Esta vez, su vida secreta: una especie de arcano insondable. Su hermana, ahora, era una amante generosa y maternal que sublimaba el sexo furtivo.

Una línea hizo que Lic cerrara el original y dijera entre dientes: «Era eso, ¡eh!»

Se puso en pie de un salto y fue por la chica que estaba escuchando más las palabras que la música de un grupo de rock irlandés y muy religioso:

—Patricia —exclamó—, tu hermana estaba liada con Bill.

—Ya has llegado a la veintidós. Lees bastante de prisa —afirmó mirando el reloj de pulsera como si cronometrase una llegada.

—Dejaste a mano el original para que lo curiosease, ¿no?

Salinas se quedó plantado ante ella. La chica no se movió de su postura, tumbada en un sofá.

—¿Me acusas de no tener los folios escondidos? No suelo guardar las cosas bajo llave. No...

Se interrumpió y se llevó la mano a la cara.

Lic dulcificó el gesto —no fingía— y dijo:

—Es tu modo de decírmelo, ¿verdad?

´—Debe de ser agotadora tu forma de pensar. Siempre buscas la segunda, la tercera intención... y quizás a veces se te escapa la primera.

El abogado torció la cabeza hasta ponerla en paralelo a la de la chica y rogó:

—¿Por qué no me lo cuentas todo de una vez?

—Está en esos papeles.

—Prefiero escucharlo.

—De acuerdo. De acuerdo. —Patricia pasó de la posición horizontal a sentarse con el tronco hacia delante—: Raquel y Bill eran muy amigos en la universidad. —El abogado asintió con los ojos, «a mí me vas a contar»—. Bill tardó en casarse y lo hizo por fin con Sheila, una niña bien del círculo de la familia. Ella pretendía que su marido la ayudase a brillar, pero él ni quiso esforzarse por llegar a ser un águila de los negocios ni por significarse en política ni siquiera por ocupar un sillón en la junta directiva de su club de campo. Prefirió un puesto que le permitiera andar viajando solo. Sheila es de esas mujeres que no paran de establecer comparaciones incordiantes. Fíjate en tal millonario o en cual senador...

—Muy gráfico —apostilló Lic.

—La cosa se fue envenenando y no tardó en estallar. Supongo que Sheila aspira a cazar algún personaje de relumbrón. Aunque, ahora, con todo el escándalo la cosa se le haya puesto fatal.

—¿Humor negro?

—Llámale hache —repuso muy seria.

Lic se sentó a su lado.

—Quien planificó lo de la coral se ha tomado muchas molestias... Hay métodos más simples y mucho, muchísimo más seguros. Parece una advertencia del crimen organizado.

Lic hizo una pausa. Le saltó un chispazo en la mente: «¿Por qué parto de la hipótesis de un crimen mafioso? ¿No será ése el estado de opinión que se nos está queriendo vender? ¿Y si la coral no fuese más que una cortina de humo para ocultar algo? —Puso también en duda estos pensamientos y se preguntó—: ¿No estaré de nuevo buscando la tercera intención? ¿Será mucho más simple la cosa?»

Estuvo a punto de decir algo pero dudó y prefirió no hacerlo.

Tomó la purera que estaba sobre la mesa baja y fue a extraer uno de sus cigarros cuando Patricia saltó:

—¿No puedes vivir sin eso?

Él pensó: «Ya está, la campaña antitabaco.» No fumó.

La chica lo invitó a continuar:

—Decías que el criminal debe de ser bastante maquiavélico...

El abogado entró a matar:

—¿Estaba Bill metido en algún chanchullo?

«A ver si me habla de una vez de su vena de jugador», se dijo.

—Si lo estaba, ni idea.

—Raquel debía de saberse al dedillo la vida y milagros de Bill. ¿No te ha contado nada?

—No. —Juntó las manos como si fuese a rezar—. Es muy reservada.

—¿Algo sobre el juego?

—No. —Puso cara de tratar de recordar—: Bueno..., sí. —Lic era todo oídos. Patricia añadió—: Me parece que, hablando del nuevo trabajo de Bill, comentó que proyectaba casinos o algo así. Recuerdo que a mi hermana no le hacía ni pizca de gracia.

—¿Te dijo por qué?

—Raquel no es amiga de esa clase de negocios. En lo profesional es muy ortodoxa.

La chica se llegó a la cocina y regresó mordisqueando un pastelillo de color entre verde y morado. Le ofreció otro. Salinas preguntó:

—¿Qué es eso?

Puso boca de «¿qué es esa porquería?»

—Un *cookie*.

—¿No puedes vivir sin eso? —pronunció imitándola.

La chica sonrió por una vez con todos los dientes y lo dejó al lado de la purera:

—Uno a uno.

El abogado le cogió la mano y apretándola:

—Trata de recordar todo lo que te haya dicho Raquel sobre Bill.

Patricia se le acercó.

—¿Por qué no hablamos con ella?

—¿Estás dispuesta a decirle que me lo has contado?

—Sí —afirmó con resolución.

Estaban codo a codo y permanecieron en silencio durante un buen rato. Salinas lo rompió:

—Antes, cuando hemos hablado del que planificó lo de la serpiente, me he callado algo.

Ella lo observó con inquietud.

Lic prosiguió:

—Los asesinatos complicados suelen traer cola.
—Continuó como si lo hiciera para sí mismo—: No
se sabe nunca quién será el siguiente... Si no hubiesen atentado contra un amigo mío, ¡a buena hora me hubiese metido en un caso así! ¡A
buena hora me hubiese arriesgado!

Ya se aproximaba la hora de ir al funeral. Salinas se dijo: «¿Qué le habrá ocurrido a Sheila? Se
está retrasando.»

El abogado se fue a su habitación de los bajos y
metió las mudas de ropa sucia en una bolsa de
plástico. «¿La llevo a una de esas lavanderías de
máquinas tragaperras? ¿Me la lavo yo mismo?»

Por el otro lado la casa se prolongaba con un
anexo que Patricia le había mostrado a distancia
desde el jardín, «las habitaciones del servicio, si lo
tuviera».

Lic la había visto ir allí una vez a por ropa limpia y decidió echar el ojo, «a lo mejor puedo apa-
ñarme sin pedirle ayuda».

Se entraba por una puerta que daba a un patio
de muchas macetas y decidió acercarse por el exterior de la casa.

Pasó junto a la piscina. Ascendió por unos peldaños estrechos, y rodeó los muros ciegos del salón de la gran cristalera que se abría al Pacífico.

Fue a entrar en el anexo, pero no pudo. Estaba
echada la llave de la puerta y la cerradura se veía
muy nueva. «¿No dice Patricia que le gusta tenerlo todo de par en par?»

Se rascó el remolino de la coronilla y se dijo:
«¡Qué raro! Si es de las que dejan abierta hasta la
puerta principal.»

En ésas estaba cuando se oyó el rumor de un

coche, el abrir y cerrar de portezuelas de vehículo caro y unos pasos que se dirigían hacia la entrada de la casa. «Debe de ser ella.» Lic volvió a su habitación. Dejó la bolsa de la ropa sucia en el suelo y se puso el blazer. «Como en el dibujo.»

Patricia acudió a recibir a Sheila y a su padre, Harold Brent.

Era hombre de arrugas profundas, cabello cano planchado y expresión de mandamás.

Llegaron diciendo que podían quedarse sólo unos minutos. Que el teléfono no había parado de sonar y se habían ido retrasando.

Sheila tenía los labios rígidos. El hombre trataba de serenarla y estaba muy pendiente de ella.

Lic apareció en seguida. Dio un apretón de manos a Brent, «es de los que te la estrujan», y un par de besos a su hija. Empezó por agradecerles la visita. Esperaba que la dueña de la casa los hiciera pasar al salón de la chimenea, «el mejor, con esa vista...», pero les indicó los asientos de la zona de nadie que daba a cocina, terraza y habitaciones.

Tampoco preguntó si querían tomar algo. Ni café claritis ni té ni *cookies*. Nada.

No bien los recién llegados se pusieron a hablar con Lic, Patricia se excusó y se fue al jardín.

Salinas señaló el reloj:

—Iré directo al asunto. —Se dirigió a Harold Brent—: Como ya le dije, me han encargado que haga una investigación sobre lo sucedido, y quiero preguntarles sólo dos cosas. —Disparó el índice—: ¿Tienen alguna sospecha sobre el motivo?

Se interrumpió.

Sheila apoyó la frente en la mano de venas prominentes y cerró los ojos. Harold Brent sacudió la cabeza.

—Segunda pregunta. —Lic disparó ahora otro dedo—. ¿Sospechan de alguien?

Sheila lo miró con ojos blandos y estalló:

—Juego. ¡El dichoso juego!

Se le crispó la boca.

Su padre le puso la mano sobre las rodillas:

—Cálmate, hija. —Miró a Salinas y aseguró—: Bill era adicto del juego. Un enfermo, ¡como lo oye! Ahí tiene la causa del divorcio y de nuestros males.

Lic se dijo: «Ése sabe ir al grano.»

—¿Qué tiene que ver el juego con lo ocurrido? —preguntó Salinas como si no conociera los ambientes que Bill solía respirar cuando recalaba en Barcelona.

—Usted no sabe lo que tuvo que sufrir mi hija a su lado... Deudas de juego. Líos con prestamistas de esos que te dejan dinero al cien por cien diario. Promesas de dejarlo. En los momentos de cordura, cartas a los casinos prohibiéndose la entrada a sí mismo. Cuando le daba otra vez por jugar, viajes a cualquier parte en que hubiese salas de juego.

—Sí, pero de ahí al asesinato...

Harold Brent cortó el aire con gesto subacuático.

—No conoce a esa gente. —Puso los ojos en el techo—. Bill, además, viajaba mucho. Iba a países en que hay juego ilegal. Ahí reina la ley de la selva. Los prestamistas no hacen firmar papeles a sus víctimas, pero si no pagan...

—¿Adónde solía ir?

—Cuando estaba casado con mi hija, trabajaba en una compañía de turismo. Iba al sur de Francia, a Italia, a España. También al norte de África.

«Correcta la respuesta», pensó Lic.

—Era un enfermo —dijo Sheila en un suspiro—. Trató incluso de vencer la adicción al juego: asistió a una cura pero fue inútil. —Con respiración entrecortada prosiguió—: Decía que el rrrrum del girar de la bola en la ruleta lo excitaba. Apostaba aprovechando la menor ocasión.

«No imaginaba que le hubiese dado tan fuerte. Lo tenía por jugador; pero tanto, tanto...», pensó Salinas poniendo cara de póquer y preguntó:

—¿No puede haber otra explicación? ¿Andaba Bill en negocios poco claros?

—Últimamente trabajaba en una naviera. —Brent frunció los labios con gesto de «debía de ayudar a caer»—. Una compañía que anda bastante estancada, según creo.

Salinas recordaba que Bill —cuando estaba aún casado— se había referido alguna vez a «mi suegro, un abogado que gana lo que quiere».

Harold Brent era socio fundador de una firma de letrados de Los Ángeles que tenía también despacho en Washington y vocación de *lobby*.

—Usted también es abogado, ¿verdad? —dijo Lic para buscar una vía de aproximación—. Yo me gradué en Barcelona.

—¡Ah...! No tengo referencias de esa universidad —repuso con escepticismo y ademán de «hasta los gatos quieren zapatos».

La observación equivalía a «su título, papel mojado».

Salinas añadió, como si hablara de estudios homogéneos y complementarios de los anteriores:

—Luego hice el MBA en Harvard. Ya sabe..., con Bill.

El padre de Sheila parpadeó. Cambió la expresión. Echó el tronco hacia delante.

—Harvard. *Fine. Fine!* —Se vio en la obligación de mostrar sus credenciales—: Me gradué en Yale.

Hizo una pausa. Lic no dijo nada. Como quien oye llover.

Patricia apareció por la puerta vidriera de la terraza. Pasó junto a ellos casi sin hacer ruido. Se acercó a la cocina. Tomó un puñado de cortezas fritas y se alejó masticándolas.

Salinas logró reprimir una sonrisa y preguntó a Brent:

—¿Conoce a algún directivo de la naviera?

—Ya le he dicho que esa compañía es del montón. No creo que aparezca mucho por el *Wall Street Journal*. —Parecía que sólo se dignara tener amigos en firmas de elite—. No..., no tengo amistad con los de la SealCo.

—¿Ha invertido la SealCo. en casinos, recientemente? —le espetó Lic.

—¿Casinos? ¿Una naviera? —Se encogió de hombros, y con sarcasmo—: Hombre, Bill era muy jugador pero dudo de que se quisiera comprar un casino con el dinero de la empresa en que trabajaba. ¿No le parece un poco exagerado?

El tiempo se les estaba echando encima. Sheila y su padre estaban sentados en el borde de sus asientos. Lic hizo gesto de «por favor, sólo un momento más» e insistió:

—¿Quién pudo hacerlo?

—No sé quién, en concreto, pero quien mal anda mal acaba —sentenció Harold Brent con irritación.

—Por poco me matan al niño. ¡Qué salvajes! ¡Qué...! —gimió Sheila.

No pudo continuar. Su padre le dio el brazo y se encaminaron a la puerta. Lic los acompañó al sedán gris plomo.

Antes de despedirse, Salinas anunció:

—Nos veremos en el funeral.

Harold Brent, casi sin separar los labios:

—Gracias por lo que está haciendo. —Le tendió una tarjeta—. Si puedo ayudar en algo, llámeme. —Con tono afectuoso—: Voy a tratar de enterarme de los proyectos de esa naviera.

Tan pronto como el automóvil desapareció por entre la vegetación de la colina, Lic volvió a entrar en el chalé.

Pensaba decir adiós a Patricia e «irme al funeral. Quiero conducir sin prisas, que si te confundes en uno de esos scalextrics gigantes de la autopista, ¡adiós!»

Se plantó en el centro nervioso de la casa y miró a derecha e izquierda. La voz de la chica sonó detrás de él:

—Según ellos, Bill era de cuidado.

—Un jugador —puntualizó.

—¿Los crees?

Ella tenía las pupilas dilatadas. Dos agujeros oscuros en el centro de la mirada azul.

Salinas no quiso contestar y propuso:

—¿Te vienes conmigo al funeral?

—¿Te ha gustado la descripción de Bill? —preguntó con tono de «no te vayas a otra cosa».

—¿No estabas en el jardín...? Tienes el oído muy fino.

—En esta casa se puede entrar y salir por muchos sitios. —Tensó las comisuras de los labios—: Con un par de frases me ha bastado... Dime qué opinas de su punto de vista.

—Es comprensible. —E inquirió—: ¿Raquel sospechaba que Bill...?

—¿Que Bill fuera un obseso del rrrrum de la bolita? —dijo remedando a Sheila—. ¡No!

«Me parece que no sabes de la misa la mitad», se dijo Lic e insistió:

—¿Vamos?

—No... No.

—¿No piensas acercarte al entierro?

—No.

EL DETECTIVE OBSERVABA EL VÍDEO del entierro con cara encendida y el labio inferior ligeramente abultado. Salinas, con la frente por delante, como si quisiera embestir al televisor.

Estaban viendo por tercera vez consecutiva el descendimiento a la sepultura. Una de tantas en un césped perfecto.

A la salida del cementerio el investigador se había acercado a Lic para decirle:

—Dentro de media hora, en mi casa. Me los llevo a todos enlatados.

En cuanto llegó Lic se instalaron en un salón que parecía el templo de la tele. Todo estaba en función del aparato: la orientación de los asientos, los dispositivos auxiliares, las luces.

El resto de la casa no ocuparía más espacio que la mitad de pieza tan principal.

Antes de poner en marcha la cinta, Dan llenó dos vasos con té helado.

Sheila iba a remolque, vencida. Raquel Dellwood estaba en segundo plano con su marido, un hombre bien plantado y muy tieso que aparentaba menos edad que ella. El padre de Bill era la imagen del ángel vengador y su madre, una dolorosa.

Detrás andaban los del clan de Harvard. *Cara de vinagre* apenas se movía. Una estatua de sal entre los dos condiscípulos que habían llegado aquella misma mañana para asistir a una ceremonia que les parecía irreal.

Bien avanzada la grabación Lic había visto algo que le inquietó. «No me puedo fiar ni de...»

Ahora, Dan Leigh iba repitiendo sólo lo que le parecía más importante. En su jerga, los *touchdowns*.

En una de las secuencias apareció Salinas. Al verse en pantalla se examinó con ojo crítico, «Lic, hay que cuidarse, parece que tengas cuarenta años» —tenía cuarenta y pico—. Se pellizcó un michelín incipiente y se arrepintió de estar preocupado por «mi *look*» en horas tan amargas.

La mente se le insubordinó, «hay que vivir que son dos días». No quiso entrar en polémica consigo mismo y prefirió dirigirse al detective:

—Páseme otra vez la escena esa.

Dan Leigh tecleó en el mando y acertó a la segunda. El pastor estaba en el centro, solemne. A la derecha los asistentes en grupo y al fondo, detrás de una cruz de mármol —como si se ocultara—, una silueta inconfundible: Patricia.

Patricia con traje chaqueta negro.

«Cara de vinagre» andaba secreteando con Bob Biddenden, el condiscípulo que vivía en París.

Los dos habían paseado un buen rato, arriba y abajo, por la terraza que da a las pistas de tenis del hotel del Coronado y al océano. Hablaron y discutieron junto a los antepechos de madera blanca, Bob apoyado en las esferas que coronan los balaustres. Negociaron y acabaron por llegar a un acuerdo a la altura de las sombrillas rojas y blancas con rótulos a la antigua.

Ahora esperaban a Raquel sentados en el bar del Lobby, cerca de la barra que se abre en una pared de madera color tabaco. John aseguraba:

—La cosa está muy bien. Muy... —Se interrumpió. La vicepresidenta del banco acababa de aparecer en el vestíbulo—. Ya está aquí.

Biddenden era de pronta sonrisa y tez pálida. Los ojos, salientes. La dentadura pulidísima, de piezas pequeñas y afiladas.

Raquel pidió un refresco sin alcohol, sin gas, sin calorías ni sustancias excitantes y anunció:

—Os he citado a todos para poneros al corriente de lo sucedido. —Hablaba como si tuviera que excusarse por algo—. He querido esperar a que se hubiese celebrado el funeral.

Cara de vinagre la miraba con expresión de querer animarla a proseguir. Bob se tentó los labios.

La Dellwood se alisó los pliegues de la falda.

—No creo que Lic se retrase mucho, y Mike debe

de estar a punto de aparecer. Tiene habitación.

Señaló hacia arriba, hacia el artesonado de madera. Armadura formidable y victoriana.

Bob apretó los dientes y se le dibujó la osamenta de la cara. Las venillas azuladas de las sienes parecían ríos de un mapa físico. Carraspeó y con su voz metálica:

—Supongo que nos has citado para hablar de lo que va a hacerse. —Puso gesto de escepticismo y continuó—: Un buen número de asesinatos quedan en los archivos como «no resueltos», pero en este caso hay que asegurarse de que se pongan los medios.

—Totalmente de acuerdo —se apresuró a decir *Cara de vinagre* con ojos inmóviles.

—Se está... —Ella rompió la oración y dijo—: Más vale que esperemos a que lleguen.

Bob la miró con cara de «si te empeñas» y preguntó:

—¿Qué dice la policía?

Raquel empujó el aire con las manos, «espera, espera», y plegó las comisuras de los labios. *Cara de vinagre* la apoyó:

—Tiene razón. Si empezamos ahora, luego tendrá que repetirlo todo. —Miró de reojo a los de las otras mesas y apagó el tono—: Además, pueden oírnos.

—Dime sólo una cosa —insistió Bob con hablar cortante—: ¿Se sabe por dónde van los tiros?

Ella permaneció en silencio. Por la moqueta vino y oro se acercó un botones que iba voceando su nombre con sordina. «¿Qué sucederá?»

—Al teléfono, por favor —anunció el muchacho.

Era Salinas.

Patricia Dellwood regresó del cementerio lívida. Dejó el todoterreno en la plazuela que daba a su chalé con las ventanillas abiertas y las luces de posición conectadas.

Bordeó la casa y se encaminó al lavadero. Miró a derecha e izquierda. Tomó las llaves y ya se disponía a abrir la puerta cuando cambió de opinión y volvió sobre sus pasos para encaminarse a la entrada principal.

Sin quitarse el traje chaqueta ni siquiera los zapatos de charol, buscó en los altos de la cocina una olla. Extrajo un revólver, balas y el sobre con sus últimas voluntades.

Se encerró en el estudio. Se sentó a la mesa e introdujo un solo proyectil en el tambor. No había prendido la lámpara. Estaba a media luz.

Miró sin ver las reverberaciones cobrizas del Pacífico e hizo girar el cilindro del arma. Se metió el cañón en la boca y por un momento dudó.

Primero se vio a sí misma hecha un crío que quiere y no quiere la tetilla. Luego, en una ceremonia de sexo oral. Pensó en la Patricia de su novela y dijo para sí: «Todos los desenlaces llevan al vacío. ¿Todos?»

Retiró por un momento el cañón como si no soportara su sabor, pero se arrepintió en seguida. Adelantó la cabeza y el tubo volvió a penetrar en ella.

El dedo le tembló sobre el gatillo y por fin lo apretó con fuerza.

Salinas y el detective estaban pasándose una y otra vez la media docena de secuencias de vídeo que juzgaban «potencialmente interesantes».

Dan interrumpió la sesión de ojeo para poner un telediario.

—No tardarán en traerme el primer informe —dijo.

Se sonrió entre dientes con ecos que parecían tabacosos.

Lic acarició su purera, ¿reflejo condicionado?, y, sin extraerla del bolsillo interior, pinzó uno de los vegueros.

—¿Le importa? —preguntó queriendo decir «a mí no me engaña, usted también fuma».

El detective fue por un cenicero de plástico negro con publicidad de cigarrillos de Virginia que guardaba en una alhacena y preguntó:

—¿Fuma mucho?

—Unos pocos cigarros al día, y los tiro a la mitad.

—Yo fumaba mucho. —Dan puso cara de «aquellos viejos tiempos»—. Lo dejé. Usted debería hacer lo mismo. No, no hay duda. Es malo. Hoy día sólo se continúa con esa droga en países poco... poco...

Salinas se dijo: «América está dejando de fumar con el fervor del converso.» Fue a prender el veguero, «entre la monísima Patricia y el Marlowe de pega ese van a amargarme el puro, ¡no te jode!». Y desistió, «ya no se puede ni echar un cigarro a gusto».

El presentador de la ABC atacó las noticias. Lic señaló el aparato y, con tono sardónico, observó:

—¿Así se entera usted?

—Por las *news* de la tele. —Blandió uno de sus dedos ligeramente amorcillados—. Y también por los informes que la policía está a punto de traerme. —Dio un par de golpecitos en la esfera del reloj—. Están al caer. Pagamos por un servicio a domicilio.

Salinas se puso en pie.

—¿Puedo telefonear a San Diego?

Precisó que era llamada local para que el detective no se alarmara por el coste.

Marcó el número del hotel del Coronado.

—¿Ocurre algo? —preguntó Raquel con preocupación.

—Me retrasaré un poco.

—¿Te esperamos para cenar?

—No.

—¿Les pongo al corriente de la situación?

—Cuéntaselo todo menos lo del proyecto que estaba llevando Bill en la naviera. Esa carta quiero jugarla yo, y cuando me convenga.

Se interrumpió para ver qué respondía Raquel. A Lic le encantaba usar el teléfono como un arma.

Ella no dijo nada. Se hizo un silencio larguísimo, por lo menos de cinco segundos.

El abogado susurró como si hiciera de apuntador:

—El proyecto... casino.

—Mi hermana me ha contado toda vuestra conversación —repuso con sequedad y añadió—: Lic, tenemos que hablar tú y yo.

—¿Cuándo?

—Esta noche. Después de la reunión con los de Harvard.

—Otra cosa: tampoco les digas que hemos contratado a un detective.

Dan se había acercado a la cocina —o fondos

del salón separados por barra y taburetes que hacían las veces de biombo—, pero no se perdió coma de lo que Salinas habló con Raquel. El hombre reapareció con ojos chispeantes y una bolsita de *snaks* sintéticos que sabían a tocino ahumado.

—¿Qué pasa con el casino? —inquirió.

—¿No le suena?

—No —repuso de mala gana, como si lo hubiesen sorprendido en falta.

Salinas se paró a reflexionar para darle el dato sin comprometer a Patricia. Por fin dijo:

—Hay que considerar la posibilidad de que Bill estuviese relacionado con algo de juego.

—En cuanto la policía ha tecleado su número de seguridad social, ha salido en pantalla: *adicto al juego*. —Se dejó caer sobre un sillón que ya brillaba de puro gastado—. Pero... ¿qué es esa historia de la naviera y el casino?

—Sólo una hipótesis.

—¿De dónde la ha sacado?

—También trabajo en el caso.

—¿Quién se lo ha dicho? —Lic se sonrió. Dan con gesto duro—: Mi discreción entra en el trato. He hecho varias cosas para el banco y puede pedir referencias sobre mi forma de actuar. —Abocinó los labios y advirtió—: Si quiere que haga un trabajo de primera clase, tengo que tener todos los datos en mano... Si no, no puedo garantizar resultados.

El abogado Salinas pidió tiempo, como si anduviesen enzarzados en un partido de baloncesto, y se puso a escuchar una noticia sobre violación de las leyes que limitan el poder tentacular de los grupos de presión. «Aquí tienen bien amarraditos a los lobbies.» Luego respondió:

—He aceptado su *modus operandi*. —Sonrió con malicia—. Usted me pasa los datos que le filtra la policía, pero me oculta la identidad de sus informadores, ¿verdad?

El detective hizo gesto de *touché* y objetó:

—Si quiere hacer lo mismo con quien se le anto- je, de acuerdo —dijo en realidad *okey*—, pero le advierto que quienes usted cree libres de toda sos- pecha pueden andar liados y bien liados. Si se em- peña en aceptar el riesgo, es su problema.

Salinas probó uno de los *snaks* de textura artifi- cial, sabor artificial, *arrière goût* de glutamato, y repuso en castellano:

—*Pues, eso.*

Un policía uniformado que llegó en coche de patrulla dejó un sobre en el buzón, hizo sonar el timbre y desapareció.

El detective lo abrió delante de Lic. Extrajo unas hojillas de impresora de ordenador y puntualizó con suficiencia:

—Mis amigos me han adelantado ya algunas co- sas sobre las estrellas del vídeo del cementerio, pero he preferido callarme hasta tener datos fia- bles.

Apuntó a las hojillas como si quisiera levantar acta de su ética acrisolada.

Lic lo observó con ojos zumbones, «eres un pu- ritano del soborno». Hizo gesto de «menos histo- rias». Las tomó y las devoró.

Esperó a que el detective echara también el ojo al informe y comentó:

—Una chica que se estaba bañando en la piscina vio aparecer a un sospechoso y lo confundió con Bill.

—Una tal Maureen Robinson —apostilló Dan se- ñalando el nombre con una uña chata.

—El hombre llevaba maleta y gafas oscuras. Se parecía a Bill.

—Están trabajando sobre las coartadas —dijo el detective señalando la última página—. Veamos, lista de los que conocían los hábitos de la víctima: Sheila, la ex mujer, estuvo toda la tarde en una reunión de su iglesia. «Comprobado» —leyó—. Uno, dos, tres, cuatro vecinos del condominio con los que solía verse. «Comprobados los movimientos de la tarde del crimen.» —Con sorna subrayó unas líneas—: Faltan por verificar las coartadas de los compañeros de universidad que tomaron el *lunch* con la víctima el día de autos.

El último de la relación era Licinio Salinas, con los datos del visado y fecha de entrada en los Estados Unidos por el aeropuerto John F. Kennedy de Nueva York.

—¿Me van a dar la lata a mí también? —preguntó Lic acordándose de la cola de varias eses del control de inmigración que le hizo perder el vuelo de Los Ángeles y pasar la noche en un hotel del aeropuerto a pesar de sus quejas y las azafatas de chaqueta blanca y flor en el ojal.

—En su caso será puro formulismo —repuso el detective con tono de «tranquilo, está avalado por mí»—. Usted y la vicepresidenta del banco tienen coartadas perfectas.

—¿Las ha estudiado?

—Naturalmente. Mi regla de oro es proteger ante todo a mis clientes.

—¿Dónde andaba yo esa tarde?

—Tomó el *lunch* con sus compañeros en la Crown Room del hotel Del —dijo tras pasar la vista por su libretilla—. Luego permaneció un buen rato en el bar que está junto a la recepción, precisamente con ella. Cuando se quedó solo se fumó uno de esos puros. Más tarde se fue a la playa, paseó primero y se tumbó en la arena frente a las pistas de tenis. Subió a la habitación para ducharse, supongo, y vestirse. Volvió a aparecer por la recepción. Se tomó una copa en la terraza y esperó a una chica muy guapa, según mis notas. Se fueron juntos a cenar a un restaurante mexicano de *downtown*. —Cerró las tapas y exclamó—: Ya está. Coartada inatacable.

—Veo que ha aprovechado la mañana. —Lic se

puso en pie y preguntó—: Dígame, ¿qué hizo su vicepresidenta?

El hombre respondió de carrerilla:

—Cuando se separó de usted, acompañó a mister John Steam al aeropuerto. Luego se fue a casa. Además de su familia, la vieron en el domicilio —pronunció «domicilio» con formalidad— un amigo del hijo mayor, que había ido a jugar, y sus padres cuando lo fueron a recoger. —Acabó por dictaminar—: ¡Ah!, y las horas encajan a la perfección. Coartada inatacable, también.

Cuando el detective acabó, Salinas se dijo: «¿No será este pájaro el encargado de guardar las espaldas de Raquel?»

Dan infló los carrillos. Expulsó el aire y advirtió:

—Salinas, vaya con mucho cuidado.

—Suelo tenerlo —repuso Lic convencido.

—Por aquí hay algunos policías que son mala, muy mala gente. Lo que de veras les divierte es pescar *teenagers* al volante con una cerveza y media en el cuerpo y tratarlos como delincuentes. Empapelarlos. ¿Sabe por qué? Porque sus víctimas son débiles. Y si los procesan, mejor.

Lic se llevó el vaso de té helado a los labios. Lo vació y dijo:

—Descuide. No llevo ni una gota de alcohol en la sangre.

La cara de Dan se ensombreció.

—Salinas, cuando lo interroguen no se aparte un milímetro de la coartada de mi libreta.

—Lo que tiene anotado es más o menos lo que estuve haciendo.

—No. —Elevó el tono—: Perdone. Es exactamente lo que hizo. ¡Exactamente! Tenemos testigos.

Lic lo miró con ademán de «si usted se empeña...». Y asintió.

El detective jugueteó con el sello del anillo.

—Salinas —empezó a decir con gravedad—, sobre el papel usted podría tener problemas. —Seña-

123

ló el párrafo del informe que se refería a las andanzas de Bill en un casino ilegal de Barcelona—. ¿Quién ha llegado recientemente de España? ¿Quién conocía bien al muerto? ¿Quién podría haber venido a cumplir un encargo de mafiosos de su país? ¿Quién tiene experiencia en asuntos criminales?

«¿Sospecharía de mí la policía?», se preguntó Lic con aprensión.

Dan Leigh adelantó el tronco y exclamó:

—Usted, Salinas. ¡Usted! —Se dejó caer en el sillón—. Encima, usted es extranjero. En otras palabras: débil. Y lo que es peor, la vicepresidenta lo ha contratado. Eso podría colocarla también en situación comprometida.

«Menos mal que he conseguido hablar con ella para preparar el juego de preguntas y respuestas», pensó con alivio el detective.

Lic se toqueteó la patilla de las gafas de carey y observó:

—Si no fuera por usted, pobres de nosotros.

Dan se lo quedó mirando, «¿estará tomándome el pelo?», y por si las moscas:

—No ha sido mala idea contratarme. Puede estar seguro. —Apoyó la cabezota en la palma de la mano. Como si fuese un maestro de primeras letras—: Si la policía le pregunta por los clientes de su bufete de abogado, ¿que dirá?

—Que tienen todos un factor común: ser muy ricos.

—¿Y qué más?

Quiso decir: «Menos guasa.»

—Que asesoro a alguna multinacional con operaciones en el sur de Europa, a personas físicas de patrimonio...

—¿Ha tenido clientes que anduvieran relacionados con el juego?

—Que yo sepa, no. Pero no obligo a mi clientela a ponerme al corriente de sus inversiones.

Y pensó: «Tendré que llamar a Rebollo para que diga a los de la Interpol que soy un buen chico... Si no, igual me empapelan.»

—Usted sabía que Bill era un jugador, ¿verdad?

—Sí.

—¿Por qué no me lo dijo desde el principio?

—Para ver cuánto tardaba en averiguarlo. Tómelo como una prueba.

—¿Se guarda más cartas en la manga?

—¿Y usted?

MIKE SWATON LLEGÓ AL BAR del Lobby mientras Raquel hablaba por teléfono con Salinas.

—Ya sólo falta Lic y que vuelva la vicepresidenta —murmuró Bob Biddenden con impaciencia.

Raquel apareció con mirada errabunda.

—Lic se retrasará —anunció—. Podemos pasar al restaurante.

Ella solía celebrar las comidas de negocios en el Prince of Wales Grille del hotel y había reservado una mesa redonda que quedaba ante chimenea de madera labrada y candelabros. «Que sea discreta.»

Se habían levantado ya para irse a cenar cuando aparecieron unos hombres. Vestían camisas de manga corta de distintos colores pero de las mismas hechuras.

El más joven, que era un rubiales de cara lechosa y rictus de llaga de estómago, se identificó, «teniente Fisher».

Era de la policía local, y con amabilidad forzada:

—Tenemos que comprobar algunos puntos con ustedes.

Apuntó a las mesas de una galería acristalada que daba a la glorieta y, más que proponer, ordenó:

—Será un momento. Hay un hombre —señaló a los que lo acompañaban— asignado a cada uno de ustedes.

Los del clan de Harvard se consultaron entre sí con la mirada. Raquel les indicó que obedeciesen.

El teniente observó:

—Falta el español. ¿Dónde está?

—Se retrasará un poco —dijo Raquel.

—Veremos...

Bob, antes de encaminarse a la mesa que le indicaba su policía, comentó con acidez:

—¿Lo hacen así para que no podamos ponernos de acuerdo?

Lo preguntó de una forma que podía interpretarse como: «Si hubiésemos querido aprendernos una lección, ya la sabríamos de memoria, so memo.»

Raquel le dijo con los ojos: «No los provoques.»

El teniente ni parpadeó. Hizo gesto a sus hombres de «al grano» y se sentó a una mesa. Adoptó la postura del profesor encargado de vigilar a los alumnos en un examen.

La vicepresidenta del banco contestó a las preguntas con suavidad. Parecía que atendiera a un cliente malhumorado y rico. Sólo perdió el aplomo cuando el sabueso —que tenía voz aceitosa— preguntó si tenía en casa alguna serpiente «como animal de compañía». Con un temblor casi imperceptible —que sí percibió el policía— aseguró poniendo demasiado énfasis:

—Nunca he pensado en aguantar en casa bichos semejantes.

Los policías habían ocupado la fila de mesas que dan a las cristaleras de madera blanca. Detrás de Raquel, Bob contestaba de mala gana y economizaba palabras. «Sí.» «No.» «Esto y aquello.» «Pregúnteselo a mi agencia de viajes, no suelo cargar mi memoria con números de vuelos ni horarios.»

Cara de vinagre había ensayado todas las respuestas. Previó lo que iba a decir pero del dicho al hecho... A la tercera pregunta, se puso a sudar. Le sudaban las manos, la frente. Su sabueso, un hombre de cara paisana, llegó a aconsejarle: «Tranquilícese. Ya sé que es muy desagradable, pero se trata sólo de una verificación rutinaria.»

Mike Swaton era el guapo de la promoción. Sonrisa marfileña, ojazos castaño claros con muchas chispitas, alto, delgado, aspecto de buen chico. Todo.

Sabía que su guapura era píldora difícil de tragar para los «competidores de mi sexo» y se había inventado un defecto: la tartamudez. Era un tartaja de quitapón, muy capaz de ajustar a voluntad los trastabilleos de la voz.

Ahora estaba tratando de «caer bien» al cara de palo que tenía enfrente. El policía hablaba en voz queda y Mike había conectado lo que llamaba «grado de balbucencia».

En el cuestionario había preguntas sobre tres capítulos: coartadas, serpientes y opinión sobre el móvil.

El único que admitió tener conocimientos sobre corales fue él.

—Suelo ir a las ju...junglas de América Latina. También me gusta meterme por las zonas de lagos de Florida —dijo—. Sí, he visto co...corales. Son muy dóciles, pero si pican...

—¿Ha tenido alguna en casa?

—En casa, no. —Hizo una interrupción de tartamudo—. Pero alguno de mis compañeros de viaje sí las ha capturado con mu...mucho cuidado.

El policía lo miró inquisitivamente y escupió:

—Nombres.

Mike tomó la agenda y le dio un par. Luego contó una anécdota:

—En Florida, cerca de Winter Haven. Ya sabe..., donde Cypress Gardens, organizaron una excursión de colegio para estudiar se...serpientes. Un niño encontró una pequeña, como una pulsera a franjas rojas y negras. Se la guardó en el bolsillo. Era muy dócil.

El policía lo observaba con interés, empezaba a aflojar el gesto. Mike iba acentuando el tartamudeo. El agente indicó:

—Siga.

Mike Swaton prosiguió:

—Era una cora...a... —Se le ahogó la voz—. Una coral. El niño se metió bruscamente la mano en el bolsillo. La se...ser...piente se assssustó y...

El teniente no quitaba el ojo de la columna de mesas. Observaba con los párpados semicerrados, distante.

Los agentes estaban entrando en la última fase.

—¿Cuál pudo ser el móvil? —escupió el de Raquel.

—No lo sé.

Y se cerró en banda. El hombre preguntó lo mismo de varias formas distintas. Ella fue negando. «No sé.» «Lo ignoro.» «No puedo ayudarle.» La excesiva rotundidad de las respuestas hizo que apareciera luego en el informe un: «parece que quiera ocultar algo».

Mike Swaton formuló la hipótesis de un accidente:

—¿Y si la co...coral hubiese andado entre las plantas? ¿Cómo saben que el chi...chico no se equivocó con la tensión del momento? Hay quien tiene en casa serpientes venenosas, y si se escapan... —Se interrumpió para respirar—. El hijo de Bill es muy pequeño. No hay que hacer demasiado caso a sus palabrrr...

—La víctima dijo a su ex esposa que la coral salió del bote de plástico —aseguró con mirada torva.

—Bill agonizaba. Tampoco hay que dar demasiado crédito a sus palabras en esas ci...circunstancias.

El agente se calló que en el bote habían encontrado un par de orificios para que respirara la coral y huellas de su permanencia.

Aunque quedaban separados del bar del Lobby, aquellos entrevistadores parecían un error del mezclado de imágenes en un documental sobre el hotel y el *beau monde* que suele frecuentarlo. Los camareros de pajarita y chaleco negro no dejaban de mirar al soslayo a los cuatro de Harvard que —a sus ojos— habían caído desde lo alto de la pirámide social hasta las simas del sufrir algo parecido a un interrogatorio.

Bob Biddenden esperaba la pregunta y contestó sin pestañear:

—Bill a veces se metía en ambientes poco ortodoxos.

—¿Por ejemplo?

—Le gustaba la juerga.

—¿Qué tipo de juerga?

—¿Qué importa? El tinglado lo mueven los mismos.

—¿Qué tinglado?

—Mujeres...

—Y..., ¿juego?

—También.

—¿Juego ilegal?

—Puede.

Y se dijo: «Si lo sabes mejor que yo.»

Bob contestaba sin mover apenas los labios, y tenía un aspecto más impermeable que el del hombre de sólido esqueleto y orejas de soplillo que lo estaba sondeando.

Bob Biddenden no sólo andaba pendiente del «enemigo de enfrente» sino del rostro de *Cara de vinagre*, que estaba en la mesa de al lado. «Se le ve muy nervioso.»

—Usted vive cerca de París, ¿no?

—Sí —disparó Bob.

El policía consultó unas notas manuscritas en su cuaderno y dijo:

—Vive en una especie de granja, ¿verdad?

—No exactamente. Soy director de una firma de productos químicos para la agricultura. Conozco los peligros de comer vegetales fumigados. —Con tonillo cínico—: Prefiero que mis hijos no se intoxi-

130

quen con esas cosas y los fines de semana cultivo mi propio huerto con abonos naturales. Nada de pesticidas ni herbicidas.

—¿Cría animales, también?

—Patos.

—¿Nada más?

—Pollos.

—¿Y serpientes?

Los labios de Bob se crisparon. Se acordó de la familia del agente.

—No me gustan —repuso silabeando.

El policía puso cara de «a ver si sigues tan chulo», y soltó:

—Antes de trabajar en Francia, ¿que hacía?

—Estaba en una empresa de productos farmacéuticos. En Atlanta, Georgia.

Con veneno en la sonrisa:

—¿Qué productos fabricaban?

—Muchos. Muchísimos.

—¿Sueros contra picaduras de ofidios?

—También —soltó.

—¿Investigaban con serpientes en los laboratorios?

—Claro.

—¿Admite que tiene experiencia en ese campo?

—¿En cuál? —preguntó con una chispa de ira.

—El de los ofidios.

—Perdón. —Lo corrigió—: La tengo en el de dirigir una compañía farmacéutica con muchos productos. ¡No se equivoque...! Y tome nota: no he visto una coral en mi vida.

El sabueso cambió bruscamente de asunto:

—¿Solía visitarle la víctima?

—Bill iba con frecuencia a Francia. Sí, nos veíamos alguna vez.

—¿Dónde?

—En París y también en la Costa Azul.

El sabueso, dale que dale, volvió a uno de los puntos que juzgaba cruciales:

131

—¿Tenía su amigo relaciones con personas poco recomendables en Europa?

—Estaba en una compañía de turismo. No sé con quién trataba.

—No me refiero a relaciones profesionales.

Bob habló de nuevo de las juergas de Bill y las mezcló con «sus timbas» sin conceder al asunto demasiada importancia. «No voy a darte hecho el trabajo. Si quieres peces, mójate el culo.»

Cara de vinagre estaba rígido. La voz le salía hueca. Cuando el sabueso de cara de luna llegó al móvil, él soltó:

—Parece cosa del crimen organizado.

—Es lo que dicen por la tele. —Observó el agente mostrando la dentadura—. ¿No se le ocurre otra explicación?

—Hombre. —Se rascó el dorso de la mano—. Verá...

Y se preparó para dejarse arrancar lo que llevaba aprendido.

El policía preguntó con desgana:

—¿A ver?

—Parece que debía dinero a no sé quién. Hace poco me pidió prestada una suma.

—¿Cuánto?

—Cien mil dólares.

—¿Para qué?

—La había perdido jugando.

—¿Dónde?

—En Barcelona, *Spain*. Hace poco.

El policía iba tomando nota. Su letra era menuda y pulcra.

—¿Le dijo en qué casino?

—Bueno, parece ser que no fue en un casino-casino.

—¿Ah, no?

—No. Me dijo que perdió el dinero en un antro ilegal.

—¿A qué jugó?

—A una especie de black-jack.

El policía cerró el cuaderno. Adelantó la quijada y como un fogonazo:

—¿Le dejó ese dinero?

—No. No tengo esa suma en líquido —repuso como si se excusara.

Mike fue el primero en terminar de responder a las preguntas, pero su agente le indicó que permaneciera en su sitio «hasta que los otros estén listos».

El guapo de la promoción ocupaba la primera mesa de la fila; su mirada se cruzó con la de Raquel y le guiñó el ojo:

—Date prisa, que ya...ya empiezo a tener hambre —dijo elevando la voz y rompiendo el clima que habían creado los sabuesos.

El teniente lo observó con mirada atravesada.

A Raquel le acababan de preguntar si pensaba recurrir a algún investigador privado. Dudó. Estuvo a punto de decir que sí, pero la actitud de Mike la animó a sacar las uñas:

—No creo que saberlo les sea de utilidad. —Se pasó la mano por el cabello y declaró—: Es suficiente.

Se levantó. Su sabueso fue a indicarle que esperara pero ella no le hizo caso. Se dirigió adonde estaba el teniente y con tono retador:

—Si quieren algo más, exijo llamar a mi abogado. Una cosa es ayudarles en la investigación y otra sufrir un interrogatorio solapado. Soy vicepresid...

El teniente se puso en pie. Y con no poca obsequiosidad:

—Están siendo muy amables. Esta conversación —recalcó lo de «conversación»— nos va a permitir conocer mucho mejor a la víctima. Por favor, no nos interprete mal.

Bob, que seguía las palabras de Raquel asintiendo con la cabeza, se levantó y se puso a su lado.

—Opino igual. Ya he hablado con su agente de todo lo que se le ha antojado.

Sólo *Cara de vinagre* permaneció clavado en su asiento.

Bob Biddenden se le acercó. Lo palmeó en la espalda y preguntó:

—¿Has terminado con ese señor?

—Creo que sí —repuso consultando con los ojos a su agente.

Los cuatro de Harvard iban a encaminarse ya al «restaurante para *gourmets*» del hotel, cuando el teniente se plantó ante ellos:

—Un momento. Les debo una explicación.

Raquel abarcó el Lobby con la mano:

—Por favor, éste no es lugar.

—¿Podemos sentarnos allí?

Señaló la última mesa de la galería. Para manifestar buena voluntad pidió a sus hombres que lo esperaran fuera.

Bob Biddenden se adelantó al no de la vicepresidenta con un:

—¿Tiene algo que decirnos?

—Quizás.

EL DETECTIVE APRETÓ UNA TECLA en el mando a distancia e hizo girar la cinta del vídeo hasta la toma de Patricia.

Tan pronto como apareció la imagen de la chica, la fijó en la pantalla.

—Cenó con ella, ¿verdad?

—¿Alguna objeción? Es muy guapa.

—Quizá le falte un dato, Salinas. —Se interrumpió. Lo observó, «¿se lo digo o no se lo digo?». Decidió hacerlo—: Es la hermana de la vicepresidenta y...

—Está obsesionado con la vicepresidenta.

Lo cortó imitando la pronunciación de Dan a lo pato Donald.

—Esa chica —prosiguió haciendo caso omiso de la pulla— no anda bien de salud.

Se llevó la mano a la sien, y se dio un par de golpecitos con la yema del índice.

—¿Y bien?

—Patricia Dellwood trató de suicidarse hace menos de medio año. Barbitúricos. —Se apresuró a añadir—: Creo que pretendía ante todo llamar la atención. El que de veras quiere hacerlo, no suele fallar.

—¿Dónde ocurrió?

—En esa casa tan bonita en que usted está viviendo. —Como si hablara consigo mismo—: Patricia sabía que su hermana iba a pasar por Del Mar a las pocas horas de tomarse los comprimidos.

Dan Leigh quería impresionar a Lic con su revelación pero no supuso que fuera a tomarse la cosa tan a pecho.

El rictus irónico de Salinas desapareció del rostro. Los ojos chispones se volvieron fijos, como hipnotizados por la mujer del traje chaqueta negro que temblaba en la pantalla del televisor.

La novela de Patricia y el monotema recurrente del suicidio estallaron dentro de él. Lic pensó en salir corriendo e ir en busca de Patricia.

El detective le echó un jarro de agua fría:

—Salinas, ¿se imagina lo que podría sucederle si se le ocurriera a esa chica suicidarse precisamente ahora? Lo que menos le conviene a usted es que aparezca un cadáver donde está viviendo. Nada más y nada menos que el de la hermana de una condiscípula de Harvard. —Se complació en decir—: Primero Bill, luego Patricia. La policía podría preguntarse cuál iba a ser la tercera ficha del juego de dominó. Quizá de su juego de dominó.

Silabeó el «dominó».

Lic preguntó a bocajarro:

—¿Cree que tengo algo que ver con lo de Bill?

—Me pagan por creer lo contrario.

—En serio, ¿se lo teme?

—He visto tantas cosas...

Salinas, inquieto, se puso en pie:

—Si descubriera que ando metido en el pasteleo, ¿qué haría?

—Lo consultaría con la vicepresidenta.

—Tranquilo, Dan. No tendrá que hacerlo.

Salinas hundió las manos en los fondos de los bolsillos y pensó: «Mira que si al final resulta que Raquel anda pringada.»

Luego le irrumpió una idea: «¿Por qué tendrá Patricia tan cerrado el cuarto de la lavadora?»

El detective estaba rebobinando la cinta para ver por enésima vez el entierro cuando preguntó:

—¿Va a mudarse de alojamiento?

—Depende. —Sin dar más explicaciones—: ¿Tiene llaves maestras?

—¿Para qué tipo de cerradura? —preguntó como si fuese lo más normal.

La describió sin decir en qué puerta estaba pensando ni en qué casa. «Patricia lo tenía todo abierto menos el dichoso cuarto», se dijo adelantando la barbilla.

Dan se acercó al garaje. Buscó y rebuscó en una caja de herramientas hasta dar con tres llaves maestras. Volvió al salón y se las tendió:

—Si prefiere que haga yo el trabajo, ya sabe.

—Es pura curiosidad. No merece la pena que se moleste.

—No quiere que me meta en casa de Patricia Dellwood, ¿verdad?

Lic asintió con los ojos.

Se oyó el rumor de un coche. El chirrido del freno. Taconeo. Era la mujer del detective. Trabajaba en una tienda de ropa europea en La Jolla y entró advirtiendo:

—Estoy rendida.

Aquella jaculatoria tenía todo un rosario de significados: «Esta noche te toca hacer la cena a ti, recoger los tarros de *dressings* y los platos. Vaciarlos en la trituradora de basura, meterlos en el lavaplatos. Luego, por supuesto, tele y ¡a dormir!, ¿no querrás encima usarme como objeto erótico?»

Dan ya se veía preparando bocadillos o calentando en el microondas una nueva ración de los restos del último guiso que se había cocinado en aquella casa —hacía por lo menos quince días—, cuando Lic, como si fuese el séptimo de caballería, acudió en su auxilio:

—Los del Coronado estarán cenando ya. ¿Por qué no vamos por ahí a tomarnos algún platillo mexicano?

Lo dijo con aire de: «Invito yo.»

—¿No piensa acudir al hotel?

—Iré luego a tomar café.

Los ojos del detective con licencia se iluminaron. Se relamió con la imaginación y, antes de marcharse, quiso ver una vez más el vídeo. ¿Tendría en algún recoveco de la mente un dispositivo que lo obligaba a mejorar la productividad como aperitivo de los burritos de carne asada?

La esposa de Dan —una trigueña tintada de rubia con cara de gatita— cruzó unas frases amables con Salinas poniendo expresión de foto y se fue a cambiar.

El detective rompió a hacer comentarios sobre los que iban apareciendo en la pantalla.

—No me gusta el aire de superioridad de sus compañeros. —Y puntualizó—: La vicepresidenta y usted son otra cosa, pero ésos...

Señaló a Bob, Mike y *Cara de vinagre*.

—Si no los conoce, Dan.

—En mi oficio hay que tener olfato.

—¿Sospecha de alguno de ellos?

—Mi norma es: todos culpables mientras no se demuestre lo contrario. —Se acercó al aparato. Tocó con el dedo a *Cara de vinagre* y dictaminó—: Seguro que oculta algo.

—¿Tiene datos?

—Instinto —exclamó.

—¿Qué me dice de los otros dos?

—Tampoco pondría la mano en el fuego.

No quiso decir más. Tragó saliva y cambió de imágenes. Fijó primero la de los padres de Bill, luego la de Sheila cogida del brazo de su padre, Harold Brent.

—¿Y Sheila? —dejó caer Lic.

—Ésa se quita de en medio a un ex marido jugador e incordiante que no acababa de desaparecer del mapa. Se evita compartir al hijo...

—Dan, la coral pudo atacar al chico.

—Tiene razón. Sí, lo admito. Aunque también

pudo ser un error del ejecutor. El mundo está lleno de chapuceros.

—Y la herencia de Bill es ridícula —dijo Lic señalando el informe de la policía—. El rico es su padre.

—Tanto la familia de Sheila como la de Bill tienen mucho dinero. Hace años que se conocen. Harold. Brent es un abogado famoso de *Elei* y el padre de Bill, propietario de una firma de gestión de patrimonios.

Cuando se hablaba de caudales, el detective no podía reprimir un tono de respeto. Consideraba a los millones, su liturgia y sacerdotes como una nueva religión. La del dios dinero.

—Páseme las escenas en que sale su vicepresidenta —le pidió Lic con malicia.

Dan las buscó haciendo girar la casete en el sentido de las agujas del reloj y el contrario hasta dar en el blanco. Tan pronto como apareció Raquel con su marido, el detective aseguró:

—Ese hombre no le llega a la suela de los zapatos.

—Usted es un fan de la Dellwood, ¿no?

Asintió indirectamente:

—No ha usado jamás el nombre del marido. Siempre ha sido Raquel Dellwood. Llegará lejos, ya lo verá.

—¿Tenía el marido alguna relación con Bill?

El detective lo miró con ademán de «esta pregunta no la esperaba». Tomó el informe de la policía y aseguró:

—Ni lo citan.

—Se lo pregunto a usted, no a los *cops*.

—¿Adónde quiere ir a parar?

—¿Qué relación tenían Raquel y Bill?

—¿Qué insinúa?

—Pues, eso.

Dan se llevó la manaza a la cabeza. La nariz de patata le creció, se hizo más bulbosa, y farfulló:

—¿Está seguro?

Lic asintió.

Aunque Dan tenía en la punta de la lengua «¿quién se lo ha contado?», se refrenó. Se acodó en los brazos del asiento y con aprensión:

—¿Quién más lo sabe?

—La cosa está controlada, no se preocupe.

—La policía no debe saberlo. Podrían interpretarlo mal.

—Mensaje recibido. —Con sonrisa de conejo—: Pero, dígame, usted ha trabajado para Raquel y tiene que conocerla, ¿qué sabe del marido?

Dan desconectó aparato de vídeo y televisor, e hizo una seña a Lic:

—Vamos.

Dijo adiós a su esposa y se montaron en el coche que Salinas había alquilado.

Ya en la calle, el detective comentó:

—Mire, antes en California nos divorciábamos a la primera. Yo, dos veces; mi mujer, una. Y... ¿para qué? Para volver a lo mismo y lograr que mi hijo saliera corriendo de casa en cuanto pudo. —Negó con la cabeza—. La vicepresidenta ha preferido aguantar al mequetrefe que tiene por marido. —Y secreteó—: También yo aguanto lo mío, no crea, ¡qué se le va a hacer!

—¿Es jugador el marido ese?

—No, que yo sepa. Sus aficiones conocidas son ligarse a chicas jóvenes y los barcos.

Salinas recordó que alguna vez Raquel había comentado que su esposo era ingeniero naval, «aunque ella no suele hablar de la joya que tiene en casa. Él ni siquiera apareció por el Coronado para saludar a los del clan». Y preguntó:

—¿En qué trabaja?

—Proyectos.

—¿De qué tipo?

—Buques para cruceros de esos..., de lujo. También ha diseñado yates.

—¿Se lo ha dicho Raquel?

—No exactamente. —El detective buscó la forma de dar a entender que ella lo había contratado alguna vez para que hiciera ojeos sobre las andanzas de su donjuán—: Verá, hace ya tiempo que conozco a la vicepresidenta. Empecé a trabajar para ella en un asunto privado.

—¿Asunto de cuernos?

El detective dio la callada por respuesta, «quien calla, otorga», y se fue de nuevo a los barcos:

—Su marido anda últimamente en un proyecto importante. Un trasatlántico de superlujo. —Volvió al tono reverencial para pronunciar «superlujo»—. Al parecer los cruceros costarán un ojo de la cara. Cada madrugada hornearán pan y bollos. Cada mañana, la prensa del día con el desayuno. Piscina con ventanas en el fondo. Aire acondicionado en todas partes. Por la noche, shows de los buenos y juego.

Salinas se envaró y, con tono cuartelero, como si soltara una voz de mando:

—Quiero los planos.

—No puedo pedir ayuda a mis contactos de la policía. No quiero que sospechen del marido de Raquel, eso podría mancharla.

—Hágalo usted.

—Si me cazan, me acusarán de espionaje industrial. Y es cosa seria.

—Dan, usted sabrá encontrar el modo.

Maldijo por lo bajo y acabó por decir:

—Bueno, pero lo considero un extra. Voy a tener que arriesgarme y...

—Esta vez no va a poder negociarlo con Raquel. No va a tener cara de pedirle dinero para birlar unos planos a su propio marido. Por mal que se lleven, me parece... —con guasa silabeó— un poco impropio.

La frente abombada del detective se puso de un

tono entre malva y cárdeno, y como impulsado por resorte escupió un:

—¡No!

Lic conducía con cuidado. Se afanaba en cumplir con todas y cada una de las señales y en especial las de limitación de velocidad, «los de tráfico tienen que cumplir sus cuotas de multas, y nunca se sabe si andan cortos. Estamos a fin de mes y hay que andarse con pies de plomo». Tan pronto como detuvo el coche en un semáforo, dijo:

—Dan, imagínese que el marido de su vicepresidenta esté metido en el pastel y quiera encima que la inculpen a ella.

El detective abrió la boca como si tuviera dificultades para respirar:

—De veras..., ¿cree en esa posibilidad?

—¿Por qué no? —E insistió—: No podemos pedir a Raquel que le pula los planos, pero tampoco podemos dejarla a merced del marido.

—Bueno, bueno. Pero, ¿quién va a abonarme el extra?

—Siempre nos queda un camino. —Lic puso cara de pillastre—. Yo podría autorizarle otra proeza imaginaria; y usted, a cobrar.

Dan Leigh permaneció en silencio durante un par de semáforos. Acabó por resoplar y anunció:

—Quiero dos mil dólares.

—Hecho.

Los cuatro de Harvard y el teniente de la policía acabaron por salir a la terraza de jardineras blancas y mesas con sombrilla. Había anochecido ya y apenas se veía a nadie.

Olía a mar. El océano rompía cerca. Era una cortina rumorosa y fosca.

Los otros sabuesos los habían precedido y el teniente, antes de sentarse con los condiscípulos, se acercó a sus hombres y anduvo cuchicheando con ellos unos minutos. Luego puso cara de «visto». Ordenó: «No os alejéis demasiado.» Y volvió sobre sus pasos para sentarse entre Mike Swaton y Bob Biddenden.

Raquel miró su Rolex de oro y Bob soltó con enojo mal contenido:

—Bueno, ¿y qué?

Justo antes de salir para el hotel del Coronado, la policía había tenido conocimiento de la carta que el padre de Bill acababa de recibir. La holandesa redactada con tono mafioso por *Cara de vinagre*.

Al parecer, el anónimo con la exigencia del montón de dólares había logrado convertirse en cortina de humo porque el teniente anunció:

—Hay motivos para pensar que detrás del asesinato de su compañero pueda haber una banda organizada. —Carraspeó. Pasó la mirada por los cuatro—. Quiero prevenirlos: Si han tenido algo que ver con los líos —no dijo cuáles— del muerto, es mejor que me lo digan cuanto antes. Podrían estar jugando con fuego.

Cara de vinagre, inconscientemente se llevó la mano al rostro y se tapó media boca. Raquel engarfió los dedos sobre los brazos del silloncito blanco. Mike lo observó con ojos de «¿no estará exagerando?». Bob preguntó:

—¿Es todo lo que tenía que decirnos?

El teniente le perdonó la vida con la mirada y anunció:

—No quiero que les suceda nada. Por lo menos, en San Diego. —Señaló a los sabuesos que no los perdían de vista—. Mis hombres los protegerán mientras permanezcan por aquí.

—Protegerán y vigilarán —apostilló Bob.

—Como quiera.

Los de Harvard se fueron a cenar sin hambre. El rincón del Prince of Wales Grille invitaba a hablar; sillones de cuero sanguíneo, mantel ocre, platos metálicos de respeto, flores en el centro de la mesa redonda, paredes de madera labrada.

Pidieron ensaladas y la emprendieron con el «teniente de pega» —como lo bautizó Bob Biddenden—. Continuaron con sus adláteres, comentando agriamente los detalles de las «interviús» que habían sufrido. Mike se preguntó: «¿Dónde estará Lic?»

Raquel juzgó que había llegado el momento:

—Se está encargando del caso. Creímos que sería lo mejor. Tiene experiencia.

Cara de vinagre palideció. Las venillas de las sienes ganaron relieve y color. Bob observó:

—Ha resuelto casos en Europa pero en *the States*, que yo sepa, es el primero.

Mike Swaton exclamó:

—¡Qué locura! Es un riesgo demasiado fuerte. —Miró a Raquel con severidad—: A quién se le ocurre meter a uno de los nuestros en ese avispero. Pueden matarlo en un abrir y cerrar de ojos.

Raquel Dellwood tenía la mano izquierda crispada sobre la servilleta y lanzó una mirada rápida a *Cara de vinagre*.

El asesino dijo:

—Mike tiene razón. No podemos permitir que le suceda algo. Y, encima, ese teniente acaba de decirnos que lo de Bill parece cosa del crimen organizado.

Raquel parpadeó con nerviosismo. No esperaba que todos se pusieran en contra. «Lic, ¿dónde te has metido? Te necesito, ahora.»

El abogado Lic Salinas acababa de llegar al hotel. El teniente lo andaba esperando en el estacionamiento de coches y lo abordó con la identificación por delante.

«Dan los conoce como si los hubiese parido», se dijo Lic acordándose de las recomendaciones del detective sobre lo que tenía que declarar.

La rodilla de Salinas seguía renqueando un poco. El teniente Fisher señaló la pierna:

—¿Le ha sucedido algo?

—Hace tiempo. —Con una tilde de amargura—: Secuelas.

El oficial de policía puso ojos de compinche y dijo en un castellano diptongado:

—*Recuerdos de Ribouiou.*

—¿Ribouiou?

El teniente Fisher hizo un esfuerzo y llegó a pronunciar de modo inteligible:

—*Del comisario Riboyo, de Madrid.*

«¡Rebollo!», pensó Lic como si se dijese «¡salvado!». Y en inglés:

—¿Lo conoce?

—Nos ha presentado un ordenador —repuso ya en su idioma con tono de suficiencia—. Luego, ha hablado con él un oficial que domina el español. En San Diego lo habla mucha gente. —Se llevó la mano a la cabeza—. ¡Ah! Por cierto, el comisario está esperando su llamada. En cuanto le hemos puesto al corriente de lo de su compañero de universidad —el teniente evitó el Rebollo— se ha interesado por el caso y se ha comprometido a iniciar una investigación sobre las actividades de la víctima en España.

Lic apoyó la mano en una barandilla de madera pintada de blanco y dejó caer:

—¿Siguen alguna pista?

—Las preguntas debería hacerlas yo —repuso sonriendo—. Aunque, al parecer, usted también es del gremio, ¿no?

—Soy abogado. Asesoro a empresas y he tenido que hacer a veces averiguaciones sobre situaciones...

—¿Situaciones criminales? —lo cortó.

—También.

—Y ahora, Salinas, ¿qué está haciendo? ¿Se ocupa del caso?

Lic dudó. Fue a salirse por la tangente:

—Verá. Bill era...

—Si no me quiere decir la verdad, es mejor que se calle. Pero, eso sí —le apoyó un dedo en el pecho como si fuese la punta del cañón de un arma—, llame a *Ribouiou* y cuéntele lo que está haciendo y sus sospechas.

Lic permaneció en silencio unos momentos y acabó por susurrar:

—¿Qué estoy haciendo?

—Si *Ribouiou* no nos hubiese asegurado que es de confianza, a lo mejor estaría metiéndose en arenas movedizas.

Salinas esperaba que el teniente le preguntase por el detective, pero no lo hizo. «¿Andarán conchabados esos dos?» Estaba ya diciéndose «no me pregunta por mi coartada», cuando el oficial de policía anunció contando con los dedos:

—Me interesan tres cosas: su coartada, qué sabe de corales y qué motivación pudieron tener para matar a su compañero. —Fijó la vista en la puntera de sus zapatos negros y muy lustrosos que reflejaban la luz opalina de una farola y advirtió—: La coartada ya me ha llegado.

No dijo cómo.

Lic se preguntó «¿el detective?» y se la pormenorizó tal como lo hiciera Dan. Sin dudas. Una cosa detrás de la otra. Horas y lugares. El teniente lo observaba con aire de guasa. Cuando Lic terminó, Fisher aplaudió:

—Bravo. Muy bien. —Y enarcó una ceja—: ¿Serpientes?

—De eso, nada. No me gusta verlas ni en el zoo. Me dan... —Buscó la palabra y con boca de asco—: Me dan asco.

—¿Móvil?

—¿A quién beneficia el crimen? —respondió Lic.

Pinzó uno de sus filipinos de la purera. El teniente le dio fuego con un mechero de usar y tirar acopando la mano para salvar la brisa.

—¿A quién?

El oficial tenía ahora los ojos clavados en Lic.

—¿Qué ha cambiado con la muerte de Bill? —dijo Salinas tras exhalar con vicio volutas azuladas de humo. Y se contestó—: Ahora, miro con recelo a mis compañeros de universidad. El clan se ha acabado... Su ex se ha librado de un incordio. La naviera en que trabajaba ha perdido uno de los directores. Mucho..., y nada.

El aire olía al humo del cigarro de Lic, al aroma salobre del océano. A flores.

Fisher, como si se sacara un as de la manga:

—¿Qué le parece esta hipótesis?: Él jugaba mucho, sobre todo en el sur de Europa. Imagínese que acude a un garito de Barcelona. Pierde y pierde. Los prestamistas le dejan dinero. Usura. Se larga de España sin pagar. Lo localizan en La Jolla. Le piden la suma más intereses. No hace caso. Lo matan de forma espectacular para advertir a otros morosos. Punto.

—¿Por qué no lo hicieron en Barcelona? Allí hay

cada año muchos asesinatos que acaban en un archivo. ¿Por qué no buscaron la publicidad, o la advertencia, o como quiera llamarlo, en su propia plaza?

—Aquí lograron muchos espacios en los informativos. Y, ya se sabe, si una cosa es noticia en California...

—Eso es puro americocentrismo.

—Bueno. Bueno. No se ofenda —exclamó con sonrisa ancha.

Lic quiso puntualizar:

—Si llegan a montar el número de la coral pongamos en Pedralbes. —Vio la cara de «¿Pedralbes?, ¿qué es eso?» y añadió—: Si lo llegan a matar en La Jolla de Barcelona, hubiesen conseguido más, mucho más impacto en los medios de su zona de influencia.

—Usted gana.

—¿Entonces?

—Mi hipótesis falla.

—¿Tiene otras?

—Está invirtiendo los papeles de nuevo. —Apoyó el peso en un pie, y con tono de despedida—: La policía francesa tiene dos principios fundamentales: Su ¿a quién beneficia el crimen?, pero también el *cherchez la femme.*

Lo pronunció en un francés apenas reconocible.

PATRICIA DELLWOOD APRETÓ EL GATILLO pero aquella cápsula del tambor no tenía bala.

Permaneció inmóvil por unos instantes, y lanzó el arma bruscamente contra el suelo como si quisiese que se hiciera añicos.

Se llevó las manos a los hombros cruzando los brazos sobre el pecho, abrazándose a sí misma. Luego afirmó los codos en la mesa y se puso a mordisquear los dijes de oro de la pulsera.

Más tarde enclavó los ojos en el revólver. Fue a recogerlo. Introdujo de nuevo una sola bala en el cilindro y lo hizo girar sin mirarlo.

Iba a meterse el cañón en la boca para volver a apoyar el dedo en el gatillo de la ruleta rusa pero esta vez no fue capaz.

Permaneció con la cabeza apoyada en la mesa durante un buen rato. Sollozaba y temblaba. Acabó por guardar revólver, balas y últimas voluntades en los altos de la cocina. Se mudó de ropa y escribió y escribió hasta perder la noción del tiempo.

SALINAS LLEGÓ A LA MESA DE LOS DEL CLAN cuando estaban ya en el café.

Es un decir, lo más parecido eran los descafeinados de Bob y Mike. Raquel tomaba una infusión de tila a sorbitos. *Cara de vinagre*, nada.

Cuando Lic se sentó a la mesa y se arrellanó en un asiento que era casi un sillón de orejas, se hizo un silencio incómodo.

Raquel lo miró con intención y rompió a decir:

—Todos están en contra de que hagas la investigación.

—¿Por qué?

—No sabes el riesgo que corres —soltó Bob por encima de la tacita.

—¿Y qué más? —preguntó Lic con desgana.

—Podemos contratar a un de...detective —propuso Mike—. Si hay bofetadas, prefiero que vayan a otra cara.

—Los detectives suelen dar sólo con las manos ejecutoras.

—¿Y la policía? —preguntó *Cara de vinagre*.

—Ni siquiera con las manos ejecutoras. ¿Tienes idea de los asesinatos que quedan sin resolver?

El abogado recordó que acababa de decir al teniente que en Barcelona se archivan muchos homicidios y se amonestó: «Lic, ¿por qué no has tenido güevos para decirle que en Estados Unidos pasa lo mismo?»

John Steam recibió las palabras de Lic con satisfacción, «muchos quedan sin resolver. ¡Muchos!, ¡muchos quedan sin resolver!», pero mantuvo controlada la musculatura facial.

Mike vio que no iban a hacer cambiar de opinión a Salinas y le preguntó:

—¿Qué planes tienes?

—Conseguir unos cuantos datos e irme luego a España. Quiero tratar de averiguar si hubo algo... en los últimos viajes de Bill. —Reflexionó y como para sí mismo—: Nos vimos en Barcelona hace menos de un mes.

—¿Estaba normal? —indagó *Cara de vinagre*.

—Mejor que nunca.

—En su nuevo puesto, ¿tenía que viajar mucho? —quiso saber Bob.

—Supongo.

—¿Te comentó qué estaba haciendo allí?

—Me dijo que «la noche es joven» —repuso para no dar detalles.

Bill le había dicho que estaba buscando «nuevos filones», que «en el negocio naviero hacían falta nuevas ideas...»

Mike Swaton era el delfín del presidente de una firma de publicidad de Madison Avenue y propuso:

—Lic, una buena forma de saber qué proyectaba Bill consiste en averiguar si había encargado alguna campaña de publicidad. Si quieres puedo echarte una ma...mano.

Cara de vinagre ni pestañeó, «la publicidad del casino flotante se hará de boca a oreja. Una cosa así no se vende con campañas en la tele. Cuando se acerque el momento de la botadura, contrataremos a la mejor agencia de relaciones públicas para salir en prensa y hacer que se sueñe con el crucero».

Antes de que Lic pudiera agradecerle su oferta, Mike añadió:

—Este trimestre tengo que acercarme a España.

152

Si quieres, puedo cambiar los planes de vi...viaje y acompañarte. Más verán cuatro ojos que dos.

El abogado Salinas se dijo: «¿Lo hará para tenerme vigilado? ¿A qué viene tanto interés por marcarme? —Y acto seguido—: ¡Qué asunto! Ya no me fío ni de mi madre. ¡Qué asunto!»

Lo sacó de los pensamientos de tornillo Bob Biddenden:

—¿Por qué te empeñas en jugarte el tipo? La cosa despide un tufillo a mafia que apesta.

Salinas ignoró la pregunta, ¿le molestaría el tono infatuado que gastaba su compañero?, y disparó:

—¿Qué tenía que ver Bill con proyectos de casinos?

Raquel le lanzó una mirada incendiaria, «deberíamos haber hablado tú y yo, antes». Lic pensó «quiero meterte la patata caliente en la boca por sorpresa y en sesión plenaria».

Bob y *Cara de vinagre* se miraron con inquietud. Mike se encogió de hombros. Raquel se llevó la taza a los labios que parecían de cartón y bebió con nerviosismo.

El abogado Salinas creía en el crimen perfecto pero sabía que los criminales no suelen serlo. Por si alguno de los presentes tenía que ver con lo de Bill, lanzó un palo de ciego:

—Si lo de la coral está relacionado con una inversión... —Por un momento lamentó estar aprovechándose de la información que le había dado Patricia Dellwood, pero siguió adelante—: Si tiene que ver con un negocio de casino de juego...

Dejó la frase inconclusa.

Cara de vinagre recibió aquellas palabras como un martillazo. Apretó los dientes y pensó: «Lic, estás muerto.»

Bob insistió en sus argumentos disuasorios. Volvió a lo mismo, con el mismo aire de estar en posesión de la verdad, aunque con palabras distintas. Puro ejercicio de vocabulario. Y dale.

Lic al principio lo escuchaba. Luego lo oía con los ojos puestos en la corona del escudo grabado en la madera de la pared.

Cuando Bob acabó de hablar, Lic declaró:

—Bill era el mejor compañero de juergas que he tenido. Cuando se sentaba al piano. Cuando te contaba un chiste. Cuando decía vamos aquí y allá. Esta noche voy a hacer saltar la banca. Cuando te llevaba a esos sitios que conocía antes que se pusieran de moda.

Los ojos de Salinas se enrojecieron un punto. Bob insistió:

—Lic, a veces hay que saber retirarse a tiempo.

—*Il faut savoir mais moi je ne sais pas* —repuso Salinas citando al pequeño gran Charles.

SALINAS LLEVÓ A RAQUEL DELLWOOD a casa en el Olds de alquiler.

Al principio permanecieron callados —la calma que preludia tempestades—. Tan pronto como Lic enfiló el puente bumerán que vuela sobre la bahía, ella escupió:

—¿Qué más te ha contado Patricia?

Lic no dijo nada y se aplicó exageradamente a la conducción, como si atravesaran un campo minado.

Ella se alisó el cabello. Desconectó la radio y con aire acusatorio:

—Primero, te aprovechas de la situación en que está mi hermana para hacerla hablar. Luego, usas los datos a tu antojo.

Salinas, sin apartar la mirada de la ruta, lanzó como si fuese un fusil de repetición:

—¿Pensabas casarte con él? ¿Quién iba a invertir en casinos?

Ella no contestó a ninguna de las dos preguntas. Prefirió hablar de Bill.

—Le apasionaba la noche —dijo paseando la mirada por las luces que se reflejaban en las aguas y parecían lenguas de metales blandos color topacio, rubí...—. Una vez, en Cartagena de Indias, me dijo que había que matar el tiempo de día para esperar la noche.

Lic decidió entrar en el asunto por otro flanco:

—¿Lo viste jugar alguna vez?

—Apostar era para él la respuesta a todas sus frustraciones.

Lo pronunció como si arrojara piedras.

—¿Lo viste?

—Sí.

Raquel cerró los ojos.

—¿Dónde?

—¡Qué importa! —Y se puso a hablar a borbollones—: Los *croupiers* de la mesa de dados lo azuzaban y él, a apostar. A apostar. Más y más. Luego los de la mesa de ruleta, con todo el teatro que gastan y su fingida indiferencia. Como máximo un buenas noches después de tantos ¡hagan juego! No era ganar o perder, era convertirse en el protagonista. Era apilar montones de fichas altas en una mesa de black-jack mientras alguien iba apostándolas por él en la ruleta de al lado. Era ser la atracción, que la gente sufriera con sus posturas.

—¿Estabas preparando el divorcio? —preguntó Lic.

—Lo he pensado muchas veces y no he llegado a decidirme. Mis hijos...

«Pero sí quieres tener un buen *dossier* en tus manos, por si llega la ocasión. Y el encargado de conseguir pruebas de las hazañas de tu maridito no es otro que tu detective de confianza, el bueno de Dan», pensó Lic y dijo:

—Casarte con Bill era negocio demasiado arriesgado. Te erigiste en comité de créditos y decidiste denegárselo, ¿verdad?

—¿Qué sabes tú? Siempre te has mantenido a raya en esas cosas. Te da miedo llegar a depender de otra persona.

El acceso a la *interstate* estaba en obras y Lic tuvo que dar vueltas y revueltas por el casco antiguo de San Diego —entre puerto y aeropuerto— hasta que logró encontrar otra rampa de entrada a la autopista. Una vez dentro, repuso:

—No hace falta estar loco para ser psiquiatra.

—No..., pero ayuda bastante —dijo ella sin bajar la guardia.

—¿Piensas decir a la policía que Bill y tú...?

—¿Serviría?

—¡Tú sabrás!

—Lic, quiero que tengas presente una cosa: en mi trabajo en el banco la reputación es... es lo primero. Si me involucran en el crimen, arruinan mi carrera.

—Te empeñaste en meterme en el caso para llevarlo a tu modo, ¿no?

—Y para llegar a saber quién lo hizo.

El tráfico nocturno era fluido pero monótono. Parecía que el coche anduviera guiado a velocidad constante por control remoto.

Salinas adelantó el tronco y la urgió:

—Si no contestas a mis preguntas, ¿cómo quieres que avance?

Su tono era ahora fraternal.

Raquel rehuyó de nuevo dar respuestas, y se fue a su hermana:

—Has acosado a Patricia y te ha dicho lo que de todos modos iba a comentarte yo..., despacio. Con lo ocurrido no hemos tenido tiempo de hablar tú y yo.

Lic recordó lo que le había advertido Dan y preguntó:

—Está mal, ¿verdad?

—Desde el accidente Patricia no ha levantado cabeza. Un día parece estar tranquila, al siguiente se hunde... Vivo angustiada. —Los dedos se le crisparon sobre el regazo—. Cualquier día me llamarán para decirme que mi hermana también... —Frunció el entrecejo. Le aparecieron arrugas finas alrededor de los ojos y bajó la voz—: ¿Quieres que te diga qué era Bill para mí?

El abogado Salinas levantó el pie del acelerador y dejó que la aguja indicadora cayese hasta la frontera de la multa por poca velocidad —tan frecuentes como las por exceso—. Era todo oídos.

Raquel empezó con una síntesis:

—Bill era la respuesta a mis frustraciones. Era tierno. Era desinteresado. Sentimental. Vulnerable. A veces parecía un niño grande. —Se interrumpió para asegurar—: Nos veíamos esporádicamente, prolongando algún viaje de negocios. —Y se fue de su corazón a su carrera—: Si no hubiese muerto de ese modo, no me hubiese preocupado tanto el escándalo, pero ahora...

—¿Qué tenía que ver Bill con negocios de casinos?

Raquel jugueteó con las perlas del collar y acabó por decir:

—Proyectaba uno para elites.

—¿Iba a invertir en juego su compañía?

—No exactamente. —Apretó los labios como si quisiera cosérselos y advirtió—: El asunto es delicado. Nadie tiene ni idea de que Bill me lo hubiese comentado. —Lo miró con severidad—: Patricia ha oído campanas y no sabe dónde.

—¿Por qué me ocultaste el asunto?

—Porque... —pensó lo que iba a decir y prosiguió—: Antes quería hablar con los de la naviera.

—¿Y bien?

—Vayamos por partes. En primer lugar, el proyecto de Bill era un buque casino. —Lic quiso interrumpirla, pero ella no lo permitió—. Un casino para ricos bajo pabellón de uno de esos países en que apenas se pagan impuestos.

—¿Quién iba a poner el dinero? ¿La naviera?

—No. La compañía de Bill iba a firmar un contrato de asistencia técnica y punto. La inversión vendrá de depósitos negros o sucios que se blanquearán con el proyecto: el buque se comprará en alguna república bananera que no preguntará por el origen, pero los pasajes de los cruceros y las fichas para jugar a la ruleta se pagarán con divisa fuerte, por supuesto.

—¿Quién ha concebido la operación? —preguntó Lic con un dejo de respeto.

—El padre de Bill es experto en asesorar sobre inversiones.

—¡Ya!, el pobre hombre había pensado en un buen proyecto para su hijo. Supongo que una vez puesto en marcha el buque casino, Bill hubiese pasado a ser presidente de la máquina de ganar dinero y le hubiesen puesto al lado un tiburón para que le hiciese el trabajo y no lo dejara jugar a bordo. ¿Me equivoco?

—Al parecer la cosa iba a funcionar como dices.

—¿Qué te han dicho en la naviera?

—Nada. Los conozco bien. Son clientes del banco, pero no han soltado prenda. Cuando les he preguntado por las actividades de Bill, me han hablado de todo menos del buque casino.

—Me gustaría verlos.

—Dudo que lo consigas. Les he pedido que te reciban pero se han negado. *No chance!*

Salinas recordó que el padre de Sheila se había ofrecido a buscar la forma de obtener información sobre la naviera pero prefirió no decírselo a Raquel, «que la mano derecha no sepa lo que hace la izquierda».

Enfilaron una avenida en que los jardines frontales de las casas tenían hileras de cipreses altos. Ya se estaban acercando al chalé de Raquel Dellwood cuando Lic preguntó:

—¿Sabe tu marido lo de Bill?

—Supongo que no.

—¿Te importa que hable con él?

Ella fue a decir algo. Puso labios en posición de disparo pero no llegó a articular palabra.

Salinas recordó el principio fundamental de los *sommeliers* —preguntar: «¿el señor prefiere burdeos o borgoña?»— y lo homoteció:

—¿Lo llamo a casa o a la oficina?

CUANDO SALINAS LLEGÓ A CASA DE PATRICIA encontró la
puerta entornada. La brisa olía a tallos tronchados,
a ozono y oscuridad.

Ella, descalza, estaba tecleando en una pequeña
portátil. El cabello le caía sobre la frente y se lo
iba apartando de los ojos con un gesto que parecía
formar parte de cada párrafo.

No faltó un tris para que el abogado preguntara
«¿por qué me dijiste que no pensabas ir al entierro?», pero no lo hizo. «Quizá cambió de opinión
porque sí.» Lic estiró el pescuezo para leer por
encima de su hombro, y ella sin mirarlo:

—Es la idea fija de un personaje.

—¿De Patricia?

—¡Ajá! —asintió.

—¿Cuál es tu idea fija, Patricia? —preguntó Lic
con la cabeza en otra parte, «¿cómo voy a hincar
el diente en el asunto? Si lo de Bill tiene que ver
con casinos flotantes de siete mares, no habrá forma. Cuando hay mucho dinero de por medio, ¡ya
se sabe!»

—La Patricia de mi novela —repuso— ve en sueños, y a veces despierta, un accidente.

«Tienes que arrancártelo de la cabeza. Arrancár-
teloarrancárteloarrancár...», se dijo Lic frunciendo
los labios. La observó con ternura:

—Cuando termine todo esto vamos a irnos a pasar un día a Disneyland. Me han hablado del viaje
en una especie de ovni y del tren que sube y baja

por las colinas del Oeste. De la banda de jazz del bar de Nueva Orleans. Del barco que navega por grutas de piratas.

Los ojos de Patricia se abrieron un poco más. La mirada azul se le hizo más clara. La boca dejó de estar en tensión. Los corsarios trajeron el buque casino a la mente de Salinas y se calló de sopetón.

Ella tomó un mazo de fotos. Las fue mirando hasta dar con la que buscaba. Era una Patricia adolescente que charlaba con Mickey Mouse. A su lado, sonreía un hombre entrecano de nariz aquilina.

—Mi padre —dijo—. Está retirado. Mis padres viven en Florida, en Tampa.

Lic supuso que Patricia llevaba un buen rato sentada y dijo:

—Vamos a dar un paseo. Necesito respirar.

La chica asintió con la cabeza. Ordenó un poco los papeles que tenía extendidos en el suelo, y se fue a por unas sandalias de tiras estrechas.

El abogado miró el reloj y se acordó de Rebollo.

—¿Qué número hay que marcar para pedir una llamada a cobro revertido? —preguntó tras pensar: «Son las doce... Nueve horas de diferencia con España... Ya habrá llegado.»

—Si es *collect*, tiene que pasar por operadora y les saldrá muy cara. Marca el número directamente y no te preocupes. No me arruinarás. De noche el teléfono es barato desde los *States*..., si no tienen que intervenir los humanos.

—No... No. Voy a telefonear a Madrid, a una brigada de la policía. Que paguen, que nos muelen a impuestos. ¡Que paguen!

Llamó a cobro revertido y de persona a persona. Descolgó el aparato un agente de los *financieros* que no entendió lo que le decía la operadora desde el otro lado del mundo. Sólo captó algo parecido a

Ribouyou y tuvo la feliz intuición de pasar la llamada a la oficina del comisario.

Entre ecos metálicos se oyó por fin la voz cazallosa de Rebollo:

—*Aló!* —dijo para ponerse «a nivel internacional».

—Aquí, Salinas. Desde San Diego.

—Por fin —soltó como si se quitase un peso de encima y despanzurró contra los fondos del cenicero una colilla deforme y roída.

—El sheriff me ha dicho que querías hablar conmigo.

—Joé, masho. En el fregao que te has metido. Si no fuese por mí. Si no les llego a jurar por ésta —cruzó los dedos— que eres legal..., tenías todos los números de convertirte en sospechoso de encantador de serpientes.

—¿Has ido ya a jugar a la ruleta?

—Claro. Joé, claro.

—¿Algún hallazgo? —inquirió con zumba.

—Menos coña, Salinas.

La voz tabacosa se iba y volvía. El abogado dijo:

—No te oigo.

—Que sí. ¡Que sí! Con los *mozos* —se refería a los *mossos d'esquadra*— hemos dado una batida y hemos cerrado un par de casinos ilegales en Barcelona.

—¿Y qué? —dijo para pincharlo.

—P'a empezar, el muerto se largó de España debiendo un pastón a un prestamista.

—¿Cuánto?

—Más de diez quilos.

—Casi cien mil dólares.

—Sí que te has americanizao, Salinas. Que te están volviendo guiri, cohones.

Patricia se hundió en un sillón e intentó captar el sentido de las palabras de Lic, que se acercó mucho el aparato para preguntar:

—¿Has interrogado al prestamista ese?

—Jura que no sabe nada de nada. Que le da miedo el avión. Que no ha estado nunca en América. Que lo suyo son las timbas de *señora*, una especie de *blah-jah*, y a veces de baccara. —Le acometió la tos bronquítica y apostilló—: Al parecer dice la verdad.

—Y tú, ¿qué crees?

—Que les salía más a cuenta cargárselo en Barcelona y echar el fiambre al vertedero del Tibidabo. El año pasado hubo en Cataluña ciento veinticinco homicidios y sólo se resolvieron cincuenta. ¡Ah! y otra co...

Se diluyó la voz.

—No te oigo —chilló Lic mientras se decía: «Lo veo igual que Rebollo... Totalmente de acuerdo. Totalmentetotalmentetotal...»—. No se oye nada.

—¿Me oyes?

—Ahora, sí. Dime.

—Que los del juego ilegal no creo que sepan mucho de corales. No es su estilo, Salinas.

—¿Cómo evaporó los millones?

—En una noche. Tu amigo —pronunció «amigo» con intención— perdió en un casino legal y acabó jugando tela del prestamista en uno ilegal. —Rebollo hablaba con parsimonia, «paga el Estado»—. Entró en el garito. Comenzó a jugar como punto, y a perder. Luego quiso recuperarse y compró la banca por dos quilos. Perdió. Y otra vez, y otra.

—¿Juego limpio?

—¡Qué va! Marcan las cartas con puntitos en las flores de detrás. Los muy cabrones las ven con gafas especiales, y tú, a perder. Te lo ponen todo de rositas para que pases horas y horas. Que si coca gratis, que si gachís putamadre a discreción... Todo para que la cosa dure. Todo. —Lanzó unos palabros irrepetibles y preguntó—: ¿Qué coño haces? ¿De quién coño sospechas?

—Rebollo, procura averiguar si Bill tenía algo que ver con un proyecto de casinos.

163

—¿Dónde?

—Buques casinos.

—¡Menudo desmadre! En alta mar no hay quien pueda echarles el guante. Ya veo, ya... —El comisario insistió—: ¿Malicias de alguien?

—Me faltan datos.

Patricia y Salinas empezaron a pasear lentamente, pero aun así se notaba el renqueo de él.

—Mi jodida rodilla —masculló en castellano.

Patricia en seguida le propuso:

—Apóyate en mí.

Lic se detuvo y le pasó el brazo por la espalda. Avanzaron de nuevo y ella se puso a recordar la infancia:

—En casa eran muy estrictos con el alcohol, pero teníamos en lo más alto de la cocina una botella que sólo se sacaba para añadir un chorrito al *fruit cake* de Navidad.

—¿Dónde vivías?

—En Florida. Mis padres han vivido siempre allí.

Lic observó:

—Tierra de serpientes.

La chica se estremeció con sus palabras.

Se hizo un silencio denso.

Salinas interrumpió la marcha. Extrajo uno de sus cigarros y lo prendió. Dio un par de fumadas y volvió a apoyar el brazo en los hombros de Patricia para reanudar el paseo.

Ella con voz melosa:

—¿Me lo pasas?

Lic le tendió el pata de elefante y preguntó:

—¿Vas a pasarte a los puros?

La chica lo tiró al suelo. Lo pisoteó hasta que se desvanecieron las lucecitas anaranjadas del foco de calor. Se encaró con él y le dio un beso húmedo y largo.

164

AL ALBA PATRICIA Y LIC DORMÍAN DESNUDOS, hechos un cuarenta y cuatro.

Bueno; ella, casi desnuda. Llevaba unos peúcos turquesa de ganchillo. No podía conciliar el sueño con los pies al aire ni siquiera en brazos del abogado.

La luz colorada de la aurora despertó a Salinas, que no paró de moverse hasta que ella entreabrió los párpados. Los iris le surgieron como semillas brumosas.

Buenos días. Un beso tierno. Un abrazo. Otro. Se cubrieron incluso las cabezas con la sábana y se estrecharon como si fueran a diluirse el uno en el otro.

El tiempo se desvaneció. El espacio se limitaba al de entre las dos sábanas. El mundo no era otra cosa que el aire tibio de aquel claustro materno del que no querían salir.

El ascenso fue suave. La culminación, rica. Esta vez el *après l'amour* —según ella— «lo mejor».

Desayunaron café muy cargado y melocotones. «¡Qué piececitos tiene! Parecen de niña. Con los peúcos está para comérsela a besos», se repetía él.

Patricia se marchó pronto. Dijo que tenía que pasar el día en Los Ángeles. Lic cruzó varias veces la piscina a crol. Se vistió y, antes de telefonear al padre de Sheila, se preguntó: «¿Qué hago con la ropa sucia?»

Las mudas lo llevaron a pensar en el cuarto cerrado y las llaves maestras.

Mientras probaba con la primera se decía: «Lic, eres un mal bicho. Mira que aprovecharte. Mira que...»

No logró abrir. Con la segunda, tampoco. Empezaba a temerse que iba a fallar también con la tercera cuando se oyó un «clec».

Lo había logrado.

Se metió en el cuarto y sólo vio máquinas para lavar ropa y secarla. Cestos de mimbre. Detergentes.

Fue revisando cestos vacíos hasta dar con uno cilíndrico y achaparrado que llevaba una tapa sujeta por un pasador.

Lo descorrió. La levantó. Miró al fondo y dio un salto hacia atrás.

«CARA DE VINAGRE» DURMIÓ MAL. Había llegado tarde a casa, «después de lo del Coronado, métete en el coche y conduce hasta *Elei*». Y dio muchas vueltas en la cama. «Bridget duerme como un lirón. No se entera de nada.»

«¿Cómo voy a hacer lo de Lic si los *cops* se empeñan en protegernos? —se preguntaba con ansiedad—. Si le dejo avanzar en lo del casino, puede llegar a olerse el asunto. Y... ¡Tengo que actuar! Tengo que...»

Consiguió dormirse al amanecer y a las pocas horas ignoró el zumbido del despertador. Su esposa lo desconectó, «que duerma, el pobre se acostó a las tantas».

John Steam apareció en la planta baja a las nueve y pico. Bridget no lo oyó llegar porque llevaba puestos los auriculares. Se movía a ritmo de rock heavy mientras limpiaba la vidriera y se obligaba a estirar mucho los músculos de brazos y espalda. Se había vestido con pantalones de ciclista, camiseta arco iris y cinta en el cabello.

Cara de vinagre le dio un golpecito en el hombro. Ella se volvió y se quitó los aparatos de los oídos.

—¿Qué haces? —preguntó él.

—*Fitness* en casa. En el fondo, es lo mismo.

—¿Por qué?

Ella sonrió y señaló a Juani que andaba quitando el polvo.

—*Huani* no puede moverse demasiado. Con el

embarazo..., ya sabes. —Se acercó mucho a John. Estaba empapada de sudor y susurró—: Quiero estar en forma por si cambias de opinión y decides hacerme un *baby*, que también yo tengo derecho.

El cerebro de John Steam giró en blanco por unos momentos. Ella trató de sacar partido de lo que interpretó como ablandamiento:

—Ya puedes irte haciendo a la idea.

Él hundió las manos en los fondos de los bolsillos de la bata verde botella y se fue al gabinete. «En California no podré hacerlo. A menos que aparezca una oportunidad. Si no, lo tendré que hacer en España.»

Y comenzó a inventariar cuanto recordaba de la vida de Salinas en Madrid. Le cruzó también por la mente: «Lic pasa mucho tiempo en una casa de campo, en la Costa Brava. Pero... no la conozco —se dijo con expresión de lamentarlo—. Y no se puede improvisar una cosa así.»

Recordó que Lic le había contado que solía embarcarse en su *chupchup* de pesca. Que lo tenía amarrado en un pequeño puerto cerca de la masía. «Si conociera la zona... El mar es ideal para un accidente. Un golpe en la cabeza. Cae al agua sin sentido y se ahoga. —Dio una palmada a la mesa y se lamentó—: ¡No puede ser! Hay que hacerlo en tierra conocida.»

Volvió al viejo Madrid y se puso a escribir en una cuartilla cuanto recordaba de la casacuartel de la plaza Mayor. «Tiene que parecer un accidente. Esta vez, tiene que ser un accidente.»

Fue tachando las inscripciones que acababa de hacer «de menos a más peligrosas». Al final quedaron sólo dos líneas: «El chico de los recados. Listo. ¡Atención!» y «La secretaria de toda la vida. Puede oler el peligro a muchas millas. ¡Gran obstáculo!»

La mente se le insubordinó y volvió a la Costa Brava.

Cara de vinagre fue recordando comentarios de

los del clan sobre la masía de Lic. «La alquiló por cuatro cuartos. Estaba llena de goteras y no tenía ni agua ni luz. Colocó unos módulos solares en el tejado. Lo arregló con tejas viejas para conservar el *look*. Construyó un pozo. Ahora paga una miseria y tiene agua y electricidad gratis. ¡Qué tipo!»

Pensó que tenía que matarlo. Vio la coral por los aires tras picar a Bill y le dio una arcada. «Ya no puedo volverme atrás.»

SALINAS VOLVIÓ A MIRAR CON APRENSIÓN al fondo del cesto. Sí. Había una pequeña serpiente que parecía una pulsera de colores.

Cerró la tapa muy excitado. Corrió el pasador hasta hacerlo entrar bien en la hembrilla y, tras echar la llave maestra, se encaminó con paso rápido a su habitación. «Me voy. No quiero convivir con esa loca.»

Le vino a la mente una imagen de los ojos de Patricia. Tenía las pupilas circundadas por aros del color de los peúcos.

Trató de introducir sus cosas en la maleta a toda prisa. Pronto se quedó sin espacio. Volvió a empezar, ahora con exagerada calma, y lo logró tras embutir el neceser.

«¿A quién pretendes matar con la serpiente? ¿Será verdad que piensas en el suicidio...? ¿A cuántos matarás antes? —se fue preguntando mientras subía por el jardín. Llevaba la maleta en una mano. La otra, cerrada; como si temiese un ataque—. Tú me vendiste el cuento de los casinos, y luego tu hermana me lo adornó con cruceros-timba. ¿Querías deshacerte de Bill? ¿Queríais las dos quitároslo de en medio...? ¿Por qué?»

Lic se metió en el estudio de Patricia y buscó los folios del original. Pronto los encontró y se puso a leerlos.

Los últimos habían sido escritos aquella misma madrugada y a mano. Patricia se había despertado

170

sobresaltada. Salinas dormía, y ella se había escurrido de la cama muy callandito. Para no hacer ruido de tecleo, escribió a pluma:

Al principio eras tú, Lic. Tu olor. Los huesos de tu rostro de pocas carnes. Tu sabor con huellas de humo de cigarro y agua tónica, como un niño que llega del colegio con la ropa manchada por todo lo que ha comido y bebido.

Hemos consumado el rito hasta el fin. Pero luego, ¡el accidente! y él. Él junto a mí en el coche. El impacto y él, muerto, a mi lado.

¿Podré alguna vez deshacer el rito sin tener que acabar abrazada a un cadáver?

Había vuelto a la cama. Se había desvestido y calzado los peúcos de ganchillo y se había dormido acurrucada junto a Lic. Aún no despuntaba la aurora y no se sabía a punto de lograr por unos instantes lo que le parecía imposible. Un *après l'amour* sin fantasmas.

Aunque Salinas quería alejarse de «aquella loca que escribe descalza y duerme con calcetines», no pudo evitar que se le nublaran los ojos después de leer las líneas de caligrafía muy inclinada hacia delante. Dejó los folios a un lado y buscó en la agenda el teléfono del marido de Raquel. Lo llamó y le dieron una excusa que podía interpretarse como: «No le da la gana ponerse.»

Colgó con furia y acto seguido marcó el número de la oficina del padre de Sheila. Harold Brent sí lo atendió y en seguida.

—¿Ha podido hablar con los de la naviera? —preguntó Lic.

—Sí.

—¿Novedades?

—No me gusta hablar por teléfono. ¿Cuándo podemos vernos?

—Estoy a su disposición.

—Esta tarde, a las tres. Lo espero en mi oficina.

Salinas volvió a tomar los folios de Patricia. Los del accidente:

Cuando empiece a dar tumbos hacia el océano, acantilado abajo, encerrada en la masa roja del todoterreno, ¿me preguntaré como Ana Karenina: «¿Qué estoy haciendo aquí?» Esta vez no habrá nadie a mi lado.

El acero se irá abollando, doblando. Los cristales se harán añicos. Hasta la voz rota de Bob Dylan se ahogará. ¿Llegaré viva hasta el agua? ¿Moriré con su sabor en la boca? ¿O sólo con el gusto metálico de la sangre?

Antes de marcharse de casa de Patricia, Lic telefoneó al padre de Bill pero no accedió a hablar con él, «debe de pensar que no hemos sido debidamente presentados».

El abogado Salinas se fue del chalé con humor abetunado. Había dejado el Olds a unos pasos, en la plazoleta que quedaba frente a la entrada. Ya se dirigía al coche cuando apareció otro que aceleró bruscamente hacia él.

«Cara de vinagre» estaba acodado sobre la mesa del gabinete con la barbilla apoyada en las manos. Andaba dando vueltas a «cómo hacer lo de Lic».

«Lo peor es que me cae bien. Siempre me ha caído bien su forma de tomarse las cosas —se decía—, pero no hay otra salida. Si continúa con la investigación, descubrirá el negocio que hay detrás y...»

Su *partenaire* quería que lo matase inmediatamente. «Hay que impedir que encuentre la pista», acababa de decirle con la impunidad que le daban los *scramblers* de sus líneas telefónicas. La orden imperativa lo había inquietado, «parece que no le importe lo que pueda llegar a ocurrirme, si me arriesgo demasiado».

John Steam sólo veía una solución para «acelerar las cosas»: lograr que Salinas regresara cuanto antes a Madrid. «Pero ¿cómo?»

Su *partenaire* había dicho:

—Mientras el español esté vivo, no es conveniente hacer progresar nuestro asunto. No hay que mover un dedo hasta que sufra el accidente.

Bridget entró sin llamar y se dejó caer en un sillón de metacrilato y cuero negro:

—Estoy agotada. La gimnasia casera te hace trabajar más los músculos que la otra. —Estiró las piernas. Agitó las punteras de las zapatillas de deporte de marca cara y aseguró—: Desde las uñas de los pies a la coronilla.

Cara de vinagre la miró de arriba abajo y preguntó:

173

—¿Vas a continuar?

—Sí. Aún me quedan cristales.

Juani llamó con los nudillos y les entró dos vasos de jugo de naranjas recién exprimidas. Se fue sin apenas hacer ruido.

Bridget pronto vació el suyo:

—¡Qué sed!

Y volvió a la música de los auriculares y a sus ejercicios de mujer araña por sobre las vidrieras.

Cara de vinagre, a sus cavilaciones: «Es temerario hacerlo tan cerca de lo de Bill... Soy yo quien está corriendo con todos los riesgos. Y lo de Lic no será fácil. Nada fácil. Es un tipo imprevisible. ¿Qué tendrá en la cabeza?»

Cara de vinagre, para huir de sus pensamientos, se puso a dibujar un croquis de las habitaciones delanteras del piso del Madrid de los Austrias en que Salinas tenía despacho y apartamento. Empezó por las piezas delanteras: La recepción —dominios de la secretaria—, el sanctasanctórum con balcón abierto a la plaza Mayor y mesa inglesa de alas forrada de cuero verde.

Esbozó también la trastienda de la casacuartel —como solía llamarla Lic—. El gran billar que ocupaba exageradamente el salón, el dormitorio y el cuarto de baño.

Hizo un bosquejo de la plaza porticada y se entretuvo en situar las mesas y sombrillas de las terrazas de los bares, el lugar en que suelen andar estacionados coches de la policía municipal, «¡cuidado!» También perfiló una sección de los soportales.

Tomó de nuevo el croquis del piso y fue numerando los muebles que recordaba. Recorrió con el dedo cada pared de cada pieza e intentó acordarse de detalles. Por fin trazó una cruz.

«Ya lo tengo. Si no lo puedo hacer en San Diego, lo mataré aquí», se dijo subrayando el punto elegido.

EL DETECTIVE CRUZÓ EL CÉSPED del jardín trasero y disfrutó de cada una de las pisadas, «cómo se hunden los pies, ¡da gusto! Es el mejor de San Diego. Ni los golfs de La Jolla tienen calles así. ¡Ni hablar!»

Era un rectángulo perfecto que resembraba, abonaba, segaba y contemplaba durante todo el fin de semana. Si la televisión transmitía algún evento deportivo de sustancia, Dan plantificaba un aparato portátil sobre la hierba y lo seguía tumbado en lo que llamaba «mi alfombra verde».

Al fondo del *back yard* había construido él mismo —con la desganada ayuda de su esposa— una pequeña habitación para ordenador y archivos a la que se podía llegar también por el sendero que discurría al otro lado de la cerca de tablas que, ¿cómo no?, había implantado, clavado y pintado el propio detective. No era mal *bricoleur*, no.

Dan insertó la llave reluciente en la cerradura de seguridad y el mecanismo funcionó como una seda. Se sentó a la mesilla de la computadora y echó mano de un archivo de diskettes. Fue revisándolo hasta que dio con el «Dd» —en su clave significaba Dellwood—. Lo introdujo en la ranura y empezó a buscar resúmenes de sus pesquisas tras los pasos del marido de Raquel. «Vaya cornamenta lleva. ¡Vaya cuernos! Hasta el techo.» Miró hacia arriba y sonrió con mueca cáustica, «en esta habitación, traspasarían el techo. Seguro».

Fue leyendo líneas fosforescentes y tembladeras en la pantallita. «Es importante verificar si se relaciona con mujeres que puedan tener alguna conexión con bancos de la competencia», rezaba un párrafo muy subrayado y en cursiva.

«Es importante verificar —aparecía más abajo— si alguna de sus conquistas tiene que ver con inspecciones del fisco.»

Tras leerlo, Dan se preguntó: «¿Le preocuparán sus trapos sucios o los de los clientes del banco?»

Avanzó bruscamente hasta el capítulo de conclusiones y apareció un «En ningún caso he podido detectar que se viera con mujeres sospechosas de estar vinculadas con cuerpos de inspección de impuestos ni evidencias de tentativas de competencia desleal.»

El *unfair competition* hizo que le surgiera en la mente un «espionaje industrial», y se vio a sí mismo reflejado en el espejo que ponía ante sí la informática. Cerró los puños. Negó con la cabeza. Hizo chasquear la lengua y prosiguió su juego con el aparato.

Consultó un anexo que solía añadir a cada expediente, el de «Hábitos del sujeto». En este caso había destacado: «Trabaja mucho y no sólo en su oficina, sino que acostumbra a llevarse los proyectos a casa y (según mi informador) trabaja a veces hasta la madrugada.»

Más adelante leyó: «En el período de seguimiento considerado el sujeto ha salido de la firma de ingeniería alrededor de las cinco p.m. y por lo menos tres días a la semana se ha dirigido al velero que tiene amarrado en El Coronado. Allí ha mantenido encuentros con una enfermera.»

Continuaba con detalles del puerto deportivo en que habían ocurrido los hechos, número del amarre y datos sobre el yate. De la redacción se extraía que Dan estaba picado al no poder describir con exactitud lo que pasaba en el camarote, aunque sí contaba con listas de la «duración entre el momento en que desaparecen de cubierta hasta que vuelven a aparecer». Raras veces soltaron amarras. Solían permanecer fondeados y nunca se quedaron a bordo más de dos horas.

El detective volvió al césped y paseó arriba y abajo pensando en «cómo hacerlo». Todos los caminos lo llevaban a lo mismo y acababa por preguntarse: «¿Seguirá con las mismas costumbres?»

Entró en la cocina. Se sirvió un café —mezcla con descafeinado— de la cafetera que lo mantenía caliente hasta que hiciera falta, ¿qué sabor debía de tener a medio día?, y tomó unas galletitas en envase de celofán. Volvió al césped. Hacía sol y se dijo: «Vivir en San Diego es un lujo.»

Lo es.

Cuando volvió a meterse en la habitación de la computadora tenía ya una idea *in mente*: iba a telefonear al informador que lo había ayudado «en lo de los cuernos de la vicepresidenta».

El informador era mujer. Trabajaba de delineante en la oficina de ingeniería naval y tenía una característica que atrajo a Dan desde el primer momento. No llevaba depiladas piernas ni axilas. «Si no fuese porque tengo por norma no mezclar el trabajo con el catre...», se había dicho muchas veces el detective al recibir el impacto de lo que para él representaba un gancho erótico «casi irresistible».

La llamó imaginándose las axilas como si fuesen dos montes de Venus simétricos.

Quedaron «para hablar del asunto de siempre» en casa de Dan a las cinco y cuarto.

Ella venteó dinero y alegró la voz:

—Voy a ponerme al día. Ya te contaré.

EL SEDÁN NEGRO FRENÓ derrapando a poca distancia del abogado Salinas. Se apeó a toda prisa un hombre de mostacho rubio y gafas de sol con cerquillo plateado.

Se identificó como agente de policía y le tendió un sobre. En el interior había una nota:

El comisario Rebollo se ha enterado (por mí) de su cojera, y me ha pedido que le busque un bastón. Espero que le guste el modelo.

Firmaba *with compliments* el teniente Fisher.

El agente le dio un bastón con puño de nácar.

Lic preguntó si tenía otros mensajes del oficial. Dijo que no y volvió al coche. Se arrellanó en el asiento pero no puso el motor en marcha.

Salinas se metió en el Olds y arrancó despacio, «debe de ser el encargado de seguirme».

Lo era. No se despegó del abogado en todo el trayecto hasta Los Ángeles. Dos veces se pararon para tomar café, dos veces el policía se negó a aceptar la invitación de Lic.

Mientras conducía Salinas no lograba quitarse la pequeña serpiente de la cabeza. «¿Se lo digo al detective? ¿Llamo a Rebollo?»

«Era de colores vivos, pero no los recuerdo con exactitud. Tenía franjas negras y rojas. ¿Amarillas? —Y acababa por amonestarse—: No te engañes, Lic, era una coral. ¡Una coral!»

El torrente de pensamientos lo llevaba una y otra vez a Patricia:

«¿Qué tienes que ver con lo de Bill? ¿Para qué escondes una serpiente en el cuarto ese? —Y a preguntarse—: ¿La llamo y se lo suelto, o no la llamo y dejo el asunto en manos de...? ¿De quién? No... No.»

A medida que avanzaba por la autopista, iba ganando terreno en su mente el: «No quiero que me la empapelen.»

Cuando cruzó Anaheim, junto a Disneyland, se dijo: «Haya hecho lo que haya hecho, no es más que una niña grande.»

Ya llegaba a los aledaños de Los Ángeles cuando decidió: «No he ido al cuarto de la lavadora. No he visto nada, y Santas Pascuas.»

El edificio de oficinas en que estaba establecido Harold Brent no tendría muchos años pero se veía gastado. La mole se alzaba cerca del cruce de las *interstates* 10 y 110. Los ascensores para los sucesivos tramos de pisos no paraban de trasegar secretarias muy pintaditas ellas, hombres con corbata. *Hi! Bye! Hi! Bye!*

El padre de Sheila apenas hizo esperar cinco minutos a Lic en una salita con moqueta avellana en suelo y paredes. Fue a su encuentro y lo hizo pasar al despacho. Desde aquella planta treinta y pico se abría —mejorada por el cristal ahumado— una vista panorámica de Los Ángeles entre brumas de contaminación incurable.

Allí el alfombrado era de la misma tonalidad pero se hacía más espeso y muelle. El tresillo, de lana color crudo. Las paredes estaban sembradas de títulos y pergaminos enmarcados.

Parecía que Harold Brent llevara siempre ropa de estreno: camisa replanchada, raya de los pantalones muy definida, zapatos lustrosos. El hombre se sentó en uno de los sillones, frente a Salinas que estaba en el sofá, y dijo como si prosiguieran la conversación que habían iniciado por teléfono:

—He logrado hablar con uno de los peces gordos de la naviera. —No citó el nombre—. Al parecer, Bill estaba buscando socios en España para una línea de cruceros.

—¿Qué tipo de cruceros?

—Según me han dicho, están pensando en las zonas altas del mercado. Buscan la clientela de poder adquisitivo. Los ricos cada día lo son más.

—¿Qué rutas?

—El Mediterráneo, para empezar.

—¿Le ha detallado los servicios que ofrecerán?

—Los clásicos, pero con el máximo lujo en las habitaciones, en la cocina, en la sala de juego.

—¿Habrá juego?

—Claro —repuso sin darle importancia.

Lic adelantó el mentón y bajó la voz:

—¿Van a invertir en casinos?

—Me lo han negado en redondo.

—¿Podrían convertirse esos cruceros de lujo en timbas flotantes? ¿En casinos sin otra ley que la del capitán del barco?

Harold Brent echó el cuerpo hacia atrás. Se acarició la mejilla descarnada y con cara de extrañeza:

—Sam Cross no lo ha mencionado. —Tras reflexionar, apostilló—: Ni remotamente.

Cross llevaba la batuta de las finanzas de la Seal-Co. y era quien había estado hablando con el padre de Sheila aquella misma mañana. A Salinas le gustó que por fin le diera el nombre.

La serpiente volvió a irrumpir en la imaginación de Lic y esta vez lo llevó al riesgo que había corrido el nieto de Harold Brent.

—¿Cómo anda el chico? —preguntó.

—Muy afectado. ¡Mucho! Sheila se lo ha llevado lejos. Quizás el cambio de aires...

—¿Adónde?

—A las montañas. A Colorado.

—¿Cuándo regresarán?

—Quince días... Un mes.

«Otra complicación. Si hay que hablar con Sheila, ¡vete a Colorado!», pensó Lic pero no dijo nada.

Entró una secretaria muy formal con el portafirmas. Harold Brent pronunció un mecánico «*excuse me!*» y se sentó a su mesa de trabajo, que era grande y de nogal. Despachó los documentos tras leerlos uno por uno.

Cuando volvió, se plantó ante Salinas para inquirir:

—¿Ha hecho progresos?

—Pocos. Estoy encontrando escasa colaboración: el marido de Raquel no se me ha puesto al teléfono; el padre de Bill, tampoco.

—Me está hablando de casos muy distintos. El marido de Raquel es un pobre tipo que trata de darse importancia. Lo del padre de Bill es otra cosa.

Hizo una pausa y frunció el entrecejo.

—Comprendo que...

—No. No es sólo eso. —Lo cortó tajando el aire con los cantos de las manos—. Ha pasado algo.

El hombre se sentó ante Salinas. Tras recalcar que consideraba confidencial lo que iba a contarle, le dijo que el padre de Bill había recibido el anónimo y le puso al corriente del contenido. «Encima le exigen con amenazas la deuda de Barcelona de Bill. Cien mil dólares.»

—¿Quién le ha dado la información?

—El propio Thomas. —Así se llamaba el padre de Bill—. Imagínese que los que han llegado a matar a tu propio hijo se atrevan a mandarte una carta para exigir que pagues. ¡Y con amenazas!

«La deuda de Barcelona. La deuda de ¡Barcelona! Voy a tener que echar el ojo a lo que Bill dejó atrás», se iba repitiendo Salinas mientras pensaba en qué vuelo iba a embarcarse.

Harold Brent cruzó un par de veces el despacho con las manos en la espalda. Daba pasos largos y parsimoniosos. Parecía que anduviera a cámara lenta con la mirada enclavada en el suelo. Acabó por sentarse a la mesa de trabajo y anunciar:

—Voy a llamar a Thomas, y le voy a pedir que hable con usted.

Lo hizo.

Lic fue deduciendo de lo que oía que Thomas no estaba dispuesto a recibirlo. «Estuvo en Harvard con Bill.» «Salinas está tratando de dar con el asesino.» «Bueno, como quieras, pero creo que te equivocas. Deberías verlo.»

Harold Brent logró finalmente que accediera a hablar por teléfono con Lic, y lo llamó con una seña.

Salinas tomó el aparato y se presentó. Le respondió una voz rota; mitad mandona, mitad hundida.

—Lo conozco de oídas. Y quiero decirle en nombre de mi familia que le agradezco lo que está haciendo.

—Ya sé que es para usted muy duro atenderme en estos momentos. —Usaba el tono más persuasivo. Al otro lado del hilo no se oía nada—. Pero necesito tener en mano todos los datos.

Lic hizo una pausa. Thomas permaneció en silencio. Lic aguantó sin decir ni pío. El padre de Bill dijo por fin:

—¿Qué datos le interesan?

—¿Había algo en la vida de su hijo que pueda explicar lo sucedido?

—Ya he hablado con la policía.

—Usted sabe que hay cosas que pueden escapar a los procedimientos... ortodoxos.

—Señor Salinas, quizá tenga razón. Aunque dudo que usted sea la persona indicada para resolver el caso. Le agradezco el interés, pero no creo que sepa ni pueda moverse adecuadamente en este país.

—Si lo ocurrido tuviera la raíz en España, ¿le parecería yo suficientemente cualificado, entonces?

—Lo siento. He tomado ya mis decisiones. Gracias una vez más por todo.

A Salinas le amoscó interpretar: «¿Cómo un *alien* va a resolverme un asunto de esta envergadura?» Apretó los dientes y pensó: «Me está diciendo que es demasiada carne para un novillero.»

Harold Brent se tironeó de los puños de la camisa con expresión de disgusto y soltó un:

—¡Nada que hacer!

Antes de irse, Lic le pidió la dirección de Sheila en Colorado. Harold se la anotó con letra picuda en un tarjetón crema.

—¿Le ha dicho algo más su hija? ¿Ha recordado alguna cosa que...?

El hombre lo observó con mirada larga. Tenía ojos de águila. Cabeza de águila. Nariz aquilina. Rompió a hablar:

—Raquel —balbució—. Raquel Dewoo...

Ahora se trabucó.

—¿Se refiere a Raquel Dellwood? ¿La de Harvard?

—Sí, Raquel Dellwood. Según mi hija —puntualizó—, tenía una amistad íntima con Bill.

—¿Desde hace mucho?

—Al parecer... ella y Sheila ya tuvieron unas palabras hace años.

Brent lo miró con expresión de callarse algo y Lic lo animó a continuar:

—Cuanto me diga es importante. ¡Por favor!

—Bueno..., los de la naviera me han dicho que Raquel Dellwood ha estado indagando por allí, y que ella y Bill estaban trabajando sobre un plan de financiación de los nuevos cruceros del Mediterráneo.

«Hasta aquí, nada nuevo», se dijo Lic.

Harold Brent se acercó mucho a Salinas y secreteó:

—Hay otra cosa que no sé si debo... Pero..., ¡en fin!

«Déjate de historias y cuéntamelo todo de una puñetera vez», se dijo Lic. Las cejas se le quebraron.

—¿Sí? —preguntó.

—Bien. Pero use con cuidado lo que voy a confiarle: Raquel, al parecer, tenía intención de colocar en el proyecto de Bill dinero negro procedente de operaciones en el extranjero de sus clientes.

—¿Mucho dinero?

—Más de diez millones de dólares.

—¿Quién se lo ha dicho?

—No debería...

Se le aguó la voz.

—¿El de la naviera?

—No. ¡Qué va!

—Señor Brent, ese dato es importante y usted lo sabe —advirtió Lic blandiendo el dedo.

Harold Brent paseó la mirada por lomos de anchos volúmenes de jurisprudencia y acabó por susurrar apuntando al teléfono:

—Él.

—¿El padre de Bill? —preguntó Lic.

—Sí. La fuente más segura.

—¿Qué más le ha dicho?

—Que se había empeñado en situar bien a su hijo y pensaba ponerlo al frente del nuevo negocio que estaba promoviendo su firma.

—¿Iba a salir Bill de la naviera?

—Al parecer, sí. Thomas estaba buscando una sociedad en algún paraíso fiscal para adquirirla con inversión americana y de otros países... Y ponerla en manos de su hijo.

—¿Qué tipo de sociedad?

—Una que les permitiera adquirir infraestructuras turísticas: hoteles, edificios de apartamentos, barcos...

«*Cara de vinagre* se dedica también a explotar hoteles. —Salinas continuó pasando revista—: Raquel, al parecer, a colocar fondos negros; Mike se empeña en acompañarme a Madrid, ¿para marcarme?; Sheila se quita de delante a un incordio. Y Bill solía encontrarse con Bob Biddenden en Francia, ¿qué se llevarían entre manos?»

—¿Estaba Bill haciendo el aprendizaje del negocio de cruceros en la SealCo.? —preguntó.

—No me extrañaría, pero Thomas no ha querido entrar en ese terreno. No crea, me ha costado mucho hacerle hablar del asunto.

—¿Cómo juegan los dineros negros de la clientela de Raquel?

—Parece ser que Bill quería desviarlos del proyecto de los cruceros por el Mediterráneo de la naviera para aportarlos al nuevo negocio que le estaba preparando su padre.

—¿Aceptó Raquel el cambio de destino para los fondos de sus clientes?

—Thomas me ha dicho que sí. Que Bill se había empeñado en meter como socios de la nueva compañía a los inversores de Raquel, pero me ha asegurado que no supo hasta hace poco que ese dinero tenía un origen... —buscó la palabra— turbio. Cuando se enteró era ya demasiado tarde.

—¿Qué va a ocurrir, ahora?

—Que Thomas, además de perder al hijo, puede aparecer en la prensa financiera como presidente de un negocio de lavado de fondos sucios, y la cosa puede mancharme también a mí, no crea. —Hizo una pausa. Suspiró y continuó con voz dolorida—: Mi firma suele ocuparse de los asuntos jurídicos de las compañías que promueve Thomas y, si un día hay un escándalo, puedo verme también involucrado.

Lic Salinas lo observó con sonrisa cáustica y soltó:

—Si la compañía fantasma se dedica a explotar buques casino bajo bandera de... usando sus palabras: un paraíso fiscal, puede usted verse convertido en abogado de garitos flotantes, y no creo que eso beneficie mucho a sus actividades de *lobby* en Washington.

Las palabras de Lic hicieron que Harold Brent endureciera el gesto:

—Si Thomas no fuese cliente y amigo de toda la vida, le rogaría que se buscase otra firma de abogados para que le llevara ese...

Parecía que fuera a decir «maldito asunto», pero dejó la frase en suspenso.

—Vamos, mister Brent, ¿no le confesó el padre de Bill que esa dichosa sociedad no va a ser más que una pantalla de buques casino?

Harold Brent frunció los labios y con voz casi inaudible:

—No. Pero tal como está evolucionando todo, francamente, ya no me sorprendería.

No bien Lic salió de aquella oficina fue recordando lo que había hablado con Harold Brent y concluyó: «Raquel me dijo que iban a meter en la inversión del buque casino dinero sucio a espuertas, pero se calló que ella y su clientela fueran a entrar también en la operación. El caballero Brent ahora va y me cuenta que la única que piensa colocar dinero turbio en el nuevo negocio es doña Raquel, pero insiste en no saber que el destino de los millones sea promover juego de cinco estrellas en alta mar. —Ya llegaba al coche cuando elevó las cejas y se dijo—: ¡Ah! Eso sí, lo importante es la reputación. Aquí todo el mundo parece andar obsesionado por no perder puntos de reputación. Reputaciónreputación.»

EVA, LA MUJER QUE HABÍA ACTUADO en funciones de «informador» del detective para ponerlo al corriente de tantas idas y venidas del marido de Raquel, estaba retrasándose ya.

Dan pensó: «Debe de andar atrapada en el tráfico. A estas horas...» Y se le ocurrió llamar a una cadena de pizzerías que servían a domicilio y gastaban el eslogan: «Si tardamos más de media hora en llegar a su casa, usted paga sólo la mitad.»

Tan pronto como colgó el teléfono, Dan Leigh tomó nota del minuto y segundo, «voy a ahorrarme cuatro *bucks*, seguro».

Eva apareció excusándose por llegar tarde. Si no hubiese estado metida en carnes, hubiera podido frisar la guapura. Llevaba el cabello caoba con un moldeado que requería horas de rulos, blusa amarillo canario y hombros al aire. Los ojos del detective se encendieron y se fueron a las axilas, «despega un poco los brazos del cuerpo, que quiero verte los pelillos.»

Ella debía de intuir la inclinación específica del detective porque los mantuvo en su sitio hasta que se apoltronó en el sillón y cruzó las piernas. Sólo entonces hizo un mohín y dejó que le entreviera el objetivo erótico.

«Tienen el mismo color que el cabello. ¿Se los teñirá también? —se preguntó Dan—. ¿Y los de abajo?»

Los latidos se le aceleraron un punto. Pensó en

el pobre repartidor, «debe de estar luchando a brazo partido para cumplir con el croǹo», y anunció:

—La pizza de *peperone* está al caer. Es la que prefieres, ¿verdad?

La mujer sonrió mostrando todos los dientes, que eran demasiado menudos para aquella cara de luna, y con tono de picarona:

—¿Cómo llevamos la carrera?

—¿Cómo estaba Navajo Road?

—Colapsada.

—Ganaremos —dijo mirando el reloj.

—Sueles acertar.

Dan sirvió té con mucho hielo en unos vasos que se había agenciado casi por nada gracias al celo de coleccionista de *coupons* de las más variadas promociones, y no se fue por los cerros de Úbeda:

—¿Con quién se entiende ahora nuestro playboy?

—Con la enfermera de la última vez.

—¿Aún dura?

—Sí.

El detective hizo la uve de victoria con los dedazos y exclamó señalando la hora:

—*Touchdown!* ¡Hemos ganado! —Luego volvió al asunto—: ¿No te mosquea la perseverancia del tipo ese?

—Según su secretaria, que es amiga mía, últimamente está muy cambiado. Parece que se le haya pasado la fiebre de conquistar.

—¿Alguna explicación?

—Esperaba la pregunta —dijo ella.

Le pareció oír un chirrido de freno en la calle y se entretuvo bebiendo a sorbitos el té hasta que sonó el timbre desesperadamente.

Dan se sonrió:

—Por poco llega a tiempo.

Y silbó aliviado.

Abrió la puerta con el reloj de pulsera en la mano. El muchacho de la pizzería entregó el encargo sin chistar ni mistar. Antes de irse, escribió en el recibo:

«Peperone. Ocho dólares, menos cuatro de penalización.»

Una vez se hubo marchado, Dan inquirió:

—¿Por qué se está concentrando en la enfermera?

—Se dice en la oficina que piensa casarse con ella.

—¡¿Y primero divorciarse de Raquel Dellwood?!

—Ese es el rumor.

Dan puso cara de perro y la ametralló a preguntas:

—¿Siguen viéndose en el velero?

—Sí.

—¿En el puerto de siempre?

—Ssssí —afirmó en un susurro.

—¿Sigue ese mequetrefe llevándose los proyectos para trabajar en casa?

—Eso creo.

—¿Tiene aún el pequeño coche japonés?

Ella afirmó emitiendo un sonido sibilante.

«Lo puedo abrir con un dedo», se dijo Dan.

—¿Está diseñando un buque de pasajeros? —preguntó yendo a otra cosa.

—Ssssí.

—¿De lujo?

Ella asintió con la cabeza.

—¿Un casino flotante?

La mujer abrió mucho los ojos de pepona y se lo quedó mirando con aire de «ni idea».

—¿Has oído algo sobre proyectos de convertir barcos en casinos?

Ahora Eva negó categóricamente:

—Primera noticia.

A la mujer le tiraba el juego y dijo para sus adentros: «¡Qué idea!»

SALINAS INICIÓ EL CAMINO DE REGRESO a San Diego con idea de ver al detective. «¿Qué nos dirá hoy el informe de la policía?»

A medio camino empezó a decirse «voy a pasar por Del Mar, a dos pasos de casa de Patricia. Me he ido sin dejarle ni una nota. ¡Qué nota ni qué leches! Después de lo de la serpiente... Y debía de ser una coral. Coralcoralcor... ¿A quién pensará cargarse con ese bicho? ¿A mí? No. Nonono...»

Salió de la *interstate* en Del Mar y, tras confundirse de dirección, acabó por llegar a la calle-autopista de casas bávaras y a la colina de calles sinuosas.

El océano lamía la playa con lengüetazos de olas que recorrían muchos metros hechas espuma. Salinas detuvo el Olds y se quedó embobado con los ojos perdidos en las aguas bullentes. Antes de dar la llave del contacto se preguntó: «¿Doy media vuelta y a otra cosa...?», pero no lo hizo.

La puerta del chalé estaba entornada. Salinas entró sin hacer ruido. Se oía el tecleo de la máquina de escribir y se encaminó al estudio de la chica por la moqueta esponjosa.

Ella percibió su presencia, su aroma de humo de cigarro.

Sin levantar la cabeza:

—¿No te habías marchado?

—Pero he vuelto.

—¿Y la maleta?

190

—En el coche.

—¿Qué ha pasado?

Ahora se volvió. Tenía la mirada encapotada y ansiosa.

—Tenemos que hablar despacio.

Lic permaneció de pie en el vano de la puerta.

—¿De qué? ¿De la serpiente?

La boca se le crispó. Se mordió los labios.

—Sí. De eso.

Salinas apoyó una mano en el quicio. Ella permaneció en su asiento, y con tono ácido:

—Cuando alguien me toca los papeles o remueve los cestos del lavadero..., lo noto en seguida. Me fijo mucho en cómo dejo las cosas.

—¿Qué piensas hacer con esa serpiente?

—Es cosa mía.

—¿Es venenosa? —escupió Lic.

A Patricia se le dilataron las pupilas y permaneció en silencio como si se le hubiesen agarrotado las respuestas.

Salinas entró en el estudio. La cogió por la muñeca y se la apretó mucho mientras chillaba:

—¿Es venenosa? Lo es, ¿verdad?

Ella sólo logró articular un:

—No.

Su voz era como pólvora mojada.

—Es una coral, ¿verdad? ¿Verdad?

Lic no le soltaba la muñeca y le notaba su pulso desbocado.

—¡No!

Gruñó de nuevo.

—Sí. Sí. ¡Una coral! ¡Estás loca!

La acosó él.

Patricia se puso en pie con brusquedad y sin decir palabra tomó el llavero y se encaminó al cuarto de lavar ropa. Salinas permaneció en el estudio.

Patricia volvió asiendo el cesto achaparrado que contenía la serpiente y lo dejó encima de su mesa.

Lic la observaba con aprensión. Ella estaba ida y anunció:

—Voy a meter las manos en este cesto.

Salinas puso mueca de incredulidad. Patricia descorrió el pasador de la tapa y la abrió. La serpiente se agitó en el fondo.

Él, con expresión crispada, dijo:

—¡No lo hagas!

Patricia introdujo las manos. Lic se lanzó para cogérselas, pero el movimiento lo llevó demasiado cerca de la serpiente y fue en él en quien hincó los colmillos.

DAN LEIGH RECORDÓ QUE AQUEL día de la semana era uno de los favoritos del marido de Raquel, «hoy es miércoles y debe de estar en el camarote *fucking* con la enfermera».

Pensó para sí: «Aún puedo llegar a tiempo», y se deshizo de Eva tras explicarle que tenía que salir «por asunto urgente e importante». No dio más detalles.

El balandro estaba amarrado en un pequeño fondeadero de yates del istmo de El Coronado, justo detrás del hotel Del, cerca de una construcción sobre el agua con la misma estructura de árbol de Navidad de teja roja que el venerable edificio victoriano de madera. El pabellón americano flameaba también en lo más alto.

Dan se encaminó al estacionamiento que quedaba al otro lado de la ancha vía de asfalto que abraza al pequeño puerto. Anduvo hacia el extremo en que solía ver el coche japonés. Allí estaba. «*Good!*»

El detective sonrió apretando los labios, «no se ve a nadie», y no acertó a darse cuenta de que lo habían seguido y andaban al acecho.

Dan Leigh se acercó al vehículo con falsa desenvoltura y miró hacia el interior como si hubiese olvidado algo sobre los asientos. «No hay nada. Las planos deben de estar detrás.»

Se plantó frente a la cerradura del maletero y probó con «la llave para coches japoneses». Cedió a la primera, «en Tokio no deben de robar coches. Se abren como latas de cocacola».

En el interior había una cartera. Iba a cogerla cuando alguien se acercó por detrás y le asestó un golpe en la nuca.

El detective se desplomó.

La hija de «Cara de vinagre» estaba a punto de graduarse en la High School y andaba metida en preparativos.

El traje para la fiesta, la propia fiesta, alquilar limusina, toga y birrete sumaban una cantidad que justificaba —según su madre— visitar al padre.

John Steam la recibió en el edificio de la compañía. En un pequeño salón que hacía las veces de bar y estaba junto al comedor de directores. Los atendió un camarero de guante blanco consciente de su función de símbolo de servicios turísticos. La moqueta era allí color teja.

La chica hacía honor a la fama de «la más sexy del curso»: cabello tintado hasta los límites del rubio platino, blusa blanca de manga corta con el ombligo al aire y todo un muestrario de afeites y pinturas por sobre la cara de bribonzuela.

Se puso a detallar cuándo y dónde iban a celebrarse los actos. Su padre preguntó:

—¿Con quién irás al *senior prom*?

—Con Brad.

—¿Es tu *boy friend*?

—Sí.

—¿De tu curso?

—Sí. —Adivinó la próxima pregunta y se adelantó—: Ya lo han aceptado en UCLA. Va a estudiar *English*.

—¿Y tú? ¿Lo tienes decidido?

—Interiorismo.

195

—Me parece una idea excelente. ¿Vas a estudiar en California?

—No. En *New York*.

Lo pronunció con acento de Brooklyn.

—Voy mucho por allá. —Se alegró, «escapará a la influencia negativa de mi ex». Nos veremos con frecuencia. «Más que ahora. ¡Seguro!»

Cara de vinagre le dijo que no se preocupara por el coste del *college*, que «lo bueno cuesta dinero», que «lo barato a la larga suele convertirse en mal negocio». Tras reflexionar unos momentos:

—Cuando termines el *college*, deberías ir a pasar un año a Italia y otro a Escandinavia. Me encantan sus interiores. —Sonrió sin borrar del todo un rictus de amargura—. Y luego si quieres podemos crear nuestra propia firma en los *States*: Yo pondré el dinero y tú la dirección. Las acciones *fifty-fifty*, ¿qué te parece?

La chica observó:

—¿Por qué no empezamos por hablar del vestido del *senior prom*?

Cara de vinagre se dijo: «No eres mala negociadora.» Y preguntó:

—¿Cómo lo quieres?

—De dos mil dólares.

Cara de vinagre ni pestañeó y quiso saber:

—¿De qué color?

—Malva.

—Estarás muy guapa. ¿Cómo llevará el *tuxedo* tu *partenaire*?

La palabra «*partenaire*» le trajo a la mente lo de Salinas y le volvieron todos los vinagres al rostro.

—Negro con faja y corbata de lazo malvas.

La chica le detalló todo lo que necesitaba para la graduación, luego fue dándole cifras. John Steam las sumó mentalmente y añadió una propina. Le extendió un talón de tres mil dólares.

La chica, que últimamente andaba a la greña con su padre, se dijo: «¡Qué distinto está! Parece otro: te escucha, se entera de lo que le dices, te ofrece hacer negocios con él...» Antes de irse le dio un abrazo. A *Cara de vinagre* le supo a gloria pero súbitamente se vio estrechando a Bridget.

Se apartó casi con brusquedad de su hija. Le enclavó los ojos, «es mucho, mucho más guapa que Bridget».

—Nos veremos en la graduación —dijo—. Voy a estar de viaje unos días, pero regresaré con tiempo de sobra. No me la perdería por nada del mundo.

CUANDO EL MARIDO DE RAQUEL fue por el coche, se encontró con el maletero entreabierto y vacío, y un hombre sin conocimiento. Era el detective que al desmoronarse había recibido un segundo impacto en la frente, esta vez contra el parachoques.

El ingeniero vio que Dan tenía buen pulso y echó a correr hacia el otro confín del estacionamiento para dar alcance a la que no sólo era su amante, sino que además tenía todo un historial en los archivos del detective con licencia. La enfermera ya enfilaba la salida con su Chevrolet verde manzana cuando se dio cuenta de que él se apresuraba a sortear una barrera de coches en paralelo.

Ella había visto muchos accidentados en el hospital. Cogió a Dan por los brazos, lo obligó a moverlos y pronto logró reanimarlo.

Dan Leigh se dio cuenta de la situación, «cómo se lo cuento yo a Salinas. Me va a tomar por novato», y por lo menos decidió explotar los golpes que había recibido:

—Vi que un tipo estaba abriéndole el coche y traté de atraparlo. El otro debió de acercarse por detrás.

Se llevó la mano a la nuca con mueca de dolor.

—¿Cómo era el ladrón? —preguntó el marido de Raquel.

—Un chaval joven. Parecía chicano.

Mintió con desfachatez.

El marido de Raquel se pasó la mano por el cabello peinado hacia atrás y se lamentó:

—Me han robado la cartera.

La chica, una morenita de labios pulposos y cabello corto, estaba limpiándole el hematoma de la frente con pañuelos de celulosa y preguntó:

—¿Quiere que lo llevemos al hospital?

Se notaba que solía mandar a un batallón de sanitarios.

El detective negó con los ojos. Pensó «no voy a preguntarle por los planos del barco. Ni insinuarlo», y optó por aventurar:

—¿Llevaba algo?

—Bueno... Sí y no.

—¿Dinero?

—No.

—¿Algo de valor?

—Unos papeles.

No dijo más.

Dan temía que pusieran una denuncia y quiso adelantarse, «si me pescan con las llaves de forzar coches. Si caigo en manos de un *cop* que no sea amigo. Hay cada elemento suelto...»

—¿Vamos a la policía? —propuso sin excesivo entusiasmo.

El marido de Raquel se frotó las manos con nerviosismo y acabó por decir:

—No vale la pena. Perderemos el tiempo ¡para nada! Esos *illegals* se están convirtiendo en otra epidemia que no sabemos dominar.

La morenita fue a echar los pañuelos sucios a una papelera. Cuando volvió dijo:

—Si lo llevamos al hospital, tendrá que explicar lo ocurrido.

El ingeniero no dijo nada. Dan Leigh permaneció callado también. «¿A ver?, ¿por dónde me sales ahora?»

Él miró al detective, y con voz persuasiva:

—¿Hace falta que lo vea un médico?

Dan hizo balance, «si voy con ellos, quizá logre sacarles algo. Pero..., si se dan cuenta de lo ocurrido, pueden acusarme de espionaje industrial y... ¡atención!» Decidió seguir la vía conservadora y repuso:

—No. Estoy bien.

La chica se sintió obligada a advertir:

—Si nota alguna molestia en la visión, si se marea, si le falla el equilibrio; entonces vaya en seguida al hospital y...

—No lo alarmes. Ya está bien —la interrumpió el ingeniero.

Dan se lo quedó mirando mientras pensaba: «¿A ver si me pides la dirección? ¿A ver si me das la tuya? Sería lo normal, ¿no?»

El marido de Raquel no lo hizo. Ni siquiera le dijo cómo se llamaba.

SALINAS, AL NOTAR EN EL DORSO de la mano la mordedura de la serpiente, retiró el brazo con movimiento convulso y se demudó.

Patricia aseguró:

—No es venenosa. No lo es, Lic.

Su voz sonó como un chillido ahogado.

Ella tomó lo que parecía una pulsera viva de
colores y le pasó los dedos por la boca. La serpiente no la picó.

A Lic le pareció que se iba a marear. Se derrum-
bó en el asiento y se acodó sobre la mesa.

Ella encerró otra vez el reptil en el cesto de
mimbre e insistió:

—No es venenosa. La tenía en casa porque me
gusta mucho. Cuando sucedió lo de Bill, mi hermana me dijo que la hiciera desaparecer. —Hablaba
a borbotones—. La dejé en un extremo del jardín y
volvió a casa. Otra vez, y lo mismo. Me dio pena y
la escondí en el lavadero. —Se tapó la boca—. Si
se entera Raquel...

El abogado Salinas apoyó la frente húmeda en
las manos. «¿Será cierto? ¡Ojalá!» Ella fue por el
botiquín, tomó alcohol y algodón.

—Déjame desinfectarte la herida —dijo—. Tendrás que ponerte la inyección de tétanos.

Lic se dejó curar sin decir ni pío. Los ojos de
Patricia habían mutado a otra tonalidad, parecían
de mineral azul intenso y duro. Lapislázuli.

Él, por alejar de la mente los temores, preguntó:

—¿Tienes más serpientes?

—No.

—¿Venenosas? —soltó como si no hubiese oído la respuesta.

—Mira, Lic, en Florida me acostumbré a verlas como animales bellos. Siempre he tenido en casa pero nunca, ¡nunca!, venenosas.

Cogió el cesto con la serpiente y se fue a dejarlo de nuevo en el lavadero.

Lic pensó en irse «a urgencias». «¿Y si es una coral? Pero... ella se ha expuesto a que la picara. ¿Y si quisiese suicidarse de veras? ¡Está loca! ¡Loca!» El último «loca» lo farfulló mordiéndose las uñas de la mano sana. Vio sobre un estante vasos pequeños como dedales de cristal y una botella de escocés. Se sirvió dos veces y vació el whisky a la rusa. «¿Será peor meterme alcohol en la sangre, si de veras es una coral...?» El abogado Salinas acabó por decirse: «A Bill lo llevaron al hospital, lo metieron en la UVI, y se murió. Haga lo que haga... Lic, es preferible creer en lo que dice Patricia.»

Se sentó a la mesa de trabajo de la chica y se puso a llamar por teléfono. Primero, al aeropuerto y decidió tomar el vuelo de American Airlines que salía a primera hora del día siguiente y hacía escala en Dallas para enlazar con el de Madrid. A casa del detective, pero no estaba.

Esperó a que volviera Patricia para llamar al padre de Sheila. Quería hablar de Raquel en su presencia por ver si lograba «romper sus defensas y hacerla vomitar cuanto supiera de la dichosa vicepresidenta del banco». Tan pronto como ella entró en el estudio y se puso a ordenar los papeles, carpetas, libros y diccionarios que tenía esparcidos por el suelo, Lic marcó el número de Los Ángeles.

Harold Brent preguntó:

—¿Algún problema?

Lic miró a Patricia con el rabillo del ojo y dijo:

—No. He regresado sin novedad. Ya estoy en Del Mar, pero durante el viaje he estado reflexionando sobre esos movimientos con dinero negro que se lleva entre manos... la banquera, usted ya me entiende —al insinuar el nombre de Raquel Dellwood lo hizo con tono despectivo—, y quería decirle que...

El padre de Sheila, en cuanto vio que Lic iniciaba por teléfono asunto tan escabroso, lo cortó:

—¿Puede visitarme mañana por la mañana? Prefiero que nos veamos con calma para tratar de esas cosas.

—No. No me será posible. —«Estaré montado en un jet a diez mil metros de altura», se dijo—. Ya lo llamaré.

Tan pronto como Lic colgó el aparato, Patricia se engalló:

—¿A qué movimientos raros de dinero te acabas de referir? ¿En qué lío piensas meter a mi hermana?

—¿Acaso no lo sabes?

—Mi hermana es muy recta. Créeme, Lic —aseguró con solemnidad.

Estaba con la espalda contra la pared.

—Si tú lo dices...

—Sí. Te lo aseguro —insistió ignorando la pulla—, pero sabes muy bien que a veces cuando se mueve dinero en grandes cantidades no se sabe a ciencia cierta de dónde viene ni adónde va.

—Por ejemplo, puede venir de operaciones poco claras en el extranjero —pronunció «extranjero» como si dijera «infierno»— de clientes que operan con ética irreprochable en tu país para luego ser invertido en buques casino con bandera casi pirata. ¿Qué te parece?

Ya había anochecido. Ella se puso a imaginar una raya cobriza en el horizonte del Pacífico y admitió:

—Tienes razón.

El «tienes razón» de Patricia indujo en Salinas un brote de ternura. «Está mal de los nervios y encima yo la pongo contra las cuerdas. ¡Pobre chica!»

Ella quizás adivinó los pensamientos de Lic y lo miró como al clavo ardiendo a que agarrarse. Sin que el abogado preguntara más cosas, la chica comenzó a hablar ahora con placidez:

—Raquel nunca me contó el asunto de un tirón. Me he ido enterando por comentarios, por silencios. Si junto piezas del *puzzle*, la cosa se podría parecer a esto: mi hermana tiene clientes que mueven grandes sumas en el extranjero, a veces difíciles de justificar. Bill le propuso invertir en cruceros de lujo, pero se calló que iban a ser en realidad barcos sin ley para jugadores de altos vuelos. Se enteró cuando ya había levantado millones. —Sus ojos se endurecieron—. Y se planteó el gran dilema: «Arriesgo mi prestigio metiéndolos en un proyecto poco claro o lo arriesgo confesando que me han tomado el pelo y los retiro.»

—¿Qué hizo?

—Lo estaba pensando cuando pasó lo de Bill.

Lic se dijo: «Me lo va soltando con cuentagotas, pero es lógico. ¡Es su hermana! Aunque, según Harold Brent, sí había decidido entrar en el pasteleo.»

—Raquel vive obsesionada con su reputación —afirmó él—. Quizá sea *the name of the game* para lograr éxitos financieros.

—En el cargo de vicepresidenta del banco ha hecho cosas importantes. Fue la primera en lograr que...

La chica iba a iniciar la narración encomiástica de los puntos fuertes del currículum de su hermana pero Salinas no la dejó continuar:

—Es triste, pero ahora sólo me interesa lo que haya hecho menos bien.

Sonó el teléfono. Patricia lo descolgó al segundo ring.

Era su agente literario y ella procuró abreviar la conversación.

—Quería excusarme por lo que te he dicho antes en mi oficina. Si te lleva mucho tiempo escribir la novela, no te preocupes, cada obra requiere su ritmo de trabajo... No te preocupes.

El hombre tenía voz aflautada.

—Bien.

—¿Cuándo me dejarás leer los primeros capítulos?

—Tengo que corregirlos... No sé.

—Si te notas deprimida, puedes venirte a pasar unos días a *Elei*. En casa hay sitio y quizá te siente bien una buena ración de asfalto y aire contaminado.

—Lo pensaré.

—Patricia, ¿de verdad te encuentras bien?

—Ya hablaremos en otro momento, ahora estoy...

—¿Con alguien?

—Sí.

—Me alegro. Tienes que ver gente. Si me necesitas, llámame. ¡A cualquier hora!

En cuanto hubo colgado el auricular, Lic preguntó:

—Están impacientándose ya por tu novela, ¿verdad?

—Se preocupan más por mí que por el original.

—¿Por qué no la dejas reposar y te metes en otro asunto, otros personajes? ¿Por qué no te vienes a la Costa Brava? Tengo una masía y debe de ser buen sitio para escribir.

—No —dijo con mirada inmóvil—. Sólo me interesa lo que estoy escribiendo ahora. Y pasa aquí.

—¿Por qué no haces viajar a tus personajes de ficción al sur de Europa?

Negó con gesto seco.

Volvió a sonar el teléfono. Esta vez era el detective:

—Me han dado un golpe en la nuca. Me han dejado sin conocimiento. Estoy en casa.

Su tono parecía un funeral.

Salinas quiso saber «cómo», «cuándo», «dónde», «por qué», pero Dan Leigh se resistió a darle detalles por teléfono.

El abogado Salinas escupió un:

—Tengo que irme ahora mismo.

—¿Volverás, luego? —preguntó la chica con angustia.

—No. Mañana debo estar en el aeropuerto muy temprano. Dormiré en el hotel del Coronado. Queda a dos pasos.

Ella lo acompañó al coche y lo abrazó con fuerza. A Lic le pareció que la recorría el temblor del llanto. La miró a los ojos, pero los tenía secos.

Patricia fue siguiendo las luces con la mano crispada en un adiós.

SALINAS CONDUJO PENSANDO en muchas cosas, «todas malas».

No estaba seguro de que la serpiente fuera inofensiva y se analizaba de pies a cabeza. Se notaba hormigueo en la frente, calambres en la mano de la mordedura. Taquicardia.

«Para colmo, el palanganero del sheriff, detrás», se dijo tan pronto como vio al agente de policía que lo aguardaba a dos curvas de distancia, cerca de la bifurcación en que nacía la serpentina de asfalto que daba al chalé de Patricia.

Llegó a casa del detective repitiéndose: «Debería acercarme a un hospital. De entrada por lo del tétanos. Lo hablaré con Dan. Sí, debería...»

Dan Leigh estaba tendido en el sofá, en la pieza seminoble que parecía templo de la tele. Su esposa lo atendía como una madre. Que si hielo para la nuca, que si pomada con antibiótico en la herida de la frente.

«Parece un ecce homo», pensó Lic.

La esposa de Dan Leigh había preparado bocadillos de queso con pan de molde y ofreció uno a Salinas. Tenía hambre y lo aceptó encantado. «¿Cerveza?» «Perfecto.»

Lic mostró los alfilerazos de la pequeña serpiente, y cuando vio la cara de guasa del detective renunció a preguntar por el médico más cercano.

—¿Un rasguño? ¿Quiere desinfectarse? —preguntó Dan.

—No es nada —repuso, y volvió a lo que le había contado el detective—: ¿Qué sospecha usted?

—El que me atacó por la espalda es un buen profesional. Salinas, hay que saber reconocer las cosas. —Se llevó la mano a la cabeza—. Me dio un golpe caro. Lo debió de contratar alguien con pasta.

Llamaron a la puerta. Ella fue a abrir y sólo vio un coche de patrulla que arrancaba. Dan pidió que le trajera «lo que acaban de dejarme en el buzón». Volvió con el sobre.

El detective, sin abrirlo, siguió especulando:

—Que ese playboy no haya querido denunciar el robo tiene mil explicaciones. Quizá le robaron papeles sin importancia y quiso ahorrarse molestias. Quizás esté metido en el lío y no quiera complicaciones con la policía. Si anda preparando el divorcio, quizá no quiera dejar rastros que puedan perjudicarlo. ¿Quién sabe?

—Antes no se molestaba en ocultar sus hazañas de faldas, ¿verdad?

—Parece que haya cambiado de hábitos últimamente.

Lic se encogió de hombros, «si usted lo cree», y le pidió el informe.

El detective se lo tendió. Salinas leyó con avidez las hojillas de impresora y con tono de descontento:

—Su contacto no se está ganando lo que cobra. —Señaló los papeles con aire despectivo—: En resumen, nos viene a decir que han comprobado todas las coartadas y que *todo el mundo es güeno*.

Dijo lo último en castellano.

—¿Que, qué?

—Que no tienen ni idea de lo que está ocurriendo.

Dan Leigh se puso a leer con calma y en seguida soltó una maldición:

—¡Usted sabía lo de ese anónimo! —exclamó señalando la reproducción de la carta de apariencia

208

mafiosa—. Esto no es juego limpio. Se lo advierto: así no lograremos nada.

—Lo he sabido esta misma tarde y aún no me ha dado tiempo de contárselo.

—Salinas, ¡que no soy idiota!

El detective tuvo en la punta de la lengua «¿cuántas cosas más me oculta?», pero optó por enfrascarse en la lectura del informe.

La esposa de Dan no quitaba los ojos de Salinas. Saltaba a la vista que le caía bien y le ofreció:

—¿Helado?

Lic dijo que sí con ojos de «es precisamente lo que me apetece».

El detective leyó las hojillas por segunda vez y quiso dejar bien sentado:

—Las únicas coartadas inatacables son la de la vicepresidenta del banco y la suya. —Hizo una pausa que podía interpretarse como «para que te enteres»—. La de John Steam es muy buena. La de Bob Biddenden puede ser atacada si alguien quiere hacerlo. Lo mismo pasa con la de Mike Swaton.

Tan pronto como Lic dio buena cuenta del helado:

—Lo del anónimo me lo ha dicho Harold Brent.

—¿Cómo lo ha sabido? —inquirió Dan con desconfianza.

Lic pensó: «Voy a contárselo. Es un riesgo, pero...»

—Brent es el abogado del padre de Bill —repuso—. Y no sólo le ha confiado lo del anónimo. Además le ha dicho que su querida vicepresidenta anda metida en inversiones de dineros turbios.

—No me vendrá ahora con que el padre de Bill quiere que Raquel Dellwood parezca sospechosa, ¿verdad?

—Sólo le repito lo que me han dicho.

—No me gusta nada esa música. ¡Nada!

Lic devolvió plato y cucharilla a la cocina, y se acercó al teléfono:

—Si no le importa, Dan, voy a llamar a Raquel.

Quedaron en verse al día siguiente en el mismo aeropuerto de San Diego.

No bien Lic se acercó al ángulo de visión de la tele, la esposa del detective le preguntó:

—¿Quiere quedarse a dormir en casa? —Señaló un sofá que estaba en un extremo de la pieza y aseguró—: Se abre y es bastante cómodo.

Dan le guiñó el ojo, «acepte, Salinas, estaremos encantados de que pase aquí la noche». Lic dijo:

—Entre el policía que anda en la calle y usted, voy a pasar la noche bien protegido.

Mientras Dan y su mujer seguían un programa musical, Salinas iba de la pantalla al caso. «Si piensan poner en marcha un casino flotante en el Mediterráneo, necesitarán *croupiers* y demás... Necesitarán buscarlos en los casinos o enseñarles el oficio... Necesitarán un jefe de seguridad. Quizá Rebollo pueda ver si hay algo de eso.»

Cuando le dieron las buenas noches, Lic tomó por el brazo al detective:

—Me gustaría pedirle algo.

El hombre adelantó la cabezota como si quisiera captar todos los matices:

—Lo escucho.

—Se trata de la hermana de Raquel. Me gustaría que averiguara cómo está. —Se mordió el labio inferior—. Quiero decir de salud, de los nervios.

—Cuente con ello. Y no se preocupe, lo haré con discreción.

Antes de acostarse, Salinas hizo una llamada *collect* a Madrid. El comisario de Los Financieros lo saludó con un:

—¿Cuándo vuelves a casa? ¡Ya está bien de hacer el turista!

Salinas empezó por darle las gracias por «el detalle del bastón».

—El sheriff ese, como tú lo has bautizado, me dijo que andabas con la pata averiada.

—Sí, ya sabes. A veces me da la lata. —Lic enfiló el asunto—: ¿Algo sobre el buque casino?

—El prestamista, por la cuenta que le trae, ya está moviéndose. Pero de momento, nada.

Lic le pidió que comprobase lo de los *croupiers*:

—No hay muchos que sepan tirar la bolita y manejar cartas —dijo.

—Se lo pediré a los *mozos*. Esos trabajan cosa fina y se conocen a todo cristo en el mundillo del juego. —Para demostrar que estaba metido en harina—: Tienen fichados a fisonomistas, jefes de mesa, vigilantes de sala, burlangas, levantamuertos...

—Y los de seguridad, Rebollo, que muchos vienen de tu gremio.

—Menos guasa, cohones. —Y volvió a la pregunta inicial—. ¿Cuándo vuelves?

—Mañana.

El comisario quiso saber vuelo, compañía y hora de llegada a Madrid.

—Te estaré esperando. Quiero que me cuentes muchas cosas sobre los tejemanejes de los peces gordos que deben de andar detrás del fregao ese. —Y advirtió—: Que tienes que pagarme con información lo que estoy haciendo por ti. Es nuestro trato, Salinas.

Salinas apenas logró dormir y no fue por el sofá cama sino por las pesadillas de serpientes. Se levantó muy temprano. Escribió una nota para Dan y su esposa, y se montó en el coche con idea de ir en busca de un servicio de urgencias, «con el tétanos no se juega, Lic». Le administraron el suero en el Grossmont Hospital y de allí se dirigió al aeropuerto de San Diego escoltado, ¿cómo no?, por el sabueso del teniente Fisher.

Devolvió el coche tras poco papeleo, «chapeau», y se encaminó al mostrador de American Airlines. El que lo precedía en la cola llevaba maletón y una bolsa con dos juegos de palos de golf pero no le cobraron nada por exceso de carga, «no deben de mirar el peso».

Lic facturó el equipaje «hasta Madrid», y un maletero negro se lo llevó en un carrito para devolverlo al poco rato con las etiquetas rojas del «INSPECTED» de la aduana. La empleada de la línea aérea le pidió el pasaporte, «y ya está». Luego se acercó a un bar de la misma planta; Raquel lo esperaba con una taza de café en la mano.

A Lic le dolía la rodilla y andaba renqueando apoyándose en el bastón que le había hecho llegar el teniente Fisher.

La fisonomía taciturna de Raquel Dellwood no casaba con el vestido estampado de flores sobre campo verdigrís. Era un claroscuro. Tan pronto como vio aparecer a Lic lo llamó con la mano. Le

212

preguntó por la cojera, primero; si ya tenía la tarjeta de embarque, después. «Dos por falta de una: San Diego-Dallas, y también Dallas-Madrid.» Ella estaba en uno de los silloncitos de eskay sobre armazón de madera que recordaban los de un *saloon* que tuviese lámparas de pantalla y aire acondicionado.

Lic se sentó a su lado, de espaldas a la barra. En seguida:

—¿Tienes serpientes en casa?

—¿Serpientes? —repuso ella con voz entrecortada.

—Como animales domésticos, por ejemplo.

Titubeó y acabó por asegurar:

—No. No me gustan y mis hijos les tienen miedo.

—En Florida, cuando vivías con tus padres...

Raquel lo interrumpió:

—Eran otros tiempos. De niña jugábamos a veces con Patricia.

—¿Con serpientes?

—Bueno. De pequeña, sí. —Su tono viró y se hizo autoritario—: ¿A qué vienen esas preguntas?

—¿No se te ocurre?

Dobló el puño del vestido con nerviosismo. Se pasó la lengua por los labios y acabó por musitar:

—No.

—¿Podemos hablar con la reserva que gastas con tus mejores clientes?

—Claro.

—Insisto, Raquel, lo que voy a decirte es sólo para ti.

—Adelante, adelante.

—Lo de las serpientes viene a propósito de Patricia.

—¿Qué quieres decir?

—Es aficionada a los reptiles.

—¿Te lo ha dicho ella?

Lic le mostró el dorso de la mano y estalló:

—Mira qué agujeritos llevo tatuados. Los colmi-

213

llos de una serpiente que por cierto parecía una coral.

Raquel se tapó media cara con los dedos. Bajó los ojos y acabó por decir:

—Mi hermana está pasando una época muy mala. Si le apetece jugar con animalillos inofensivos, dejémosla en paz.

—Bill fue asesinado por medio de una serpiente, y la policía ha empezado a preguntarse quién sabe manejarlas y cosas por el estilo. —Ella permanecía inmóvil. Lic prosiguió—: Añádele que Bill y tú...

—Que Bill y yo nos queríamos —afirmó con aire retador.

—Y también que ibas a invertir fondos negros en el buque corsario de Bill. —Se acercó mucho a Raquel—: En la timba flotante.

—Eso es inexacto.

—¿Lo de los fondos negros o lo del buque?

Antes de responder la vicepresidenta del banco comprobó que la mesa de al lado siguiera sin nadie, y con voz queda:

—No sabía que los cruceros de Bill fuesen casinos, pero en cualquier caso no hay nada de piratería. Buques legales, operaciones legales y bandera de estado soberano.

—¿Cuándo lo supiste?

—Me lo ocultó hasta hace poco.

—Decidiste seguir en el negocio, ¿no?

—Ya era demasiado tarde.

—Y la inversión tentadora. Blanqueas dinero sucio, lo inviertes en una operación rentable y, encima, mantienes los fondos en un país casi sin impuestos. ¡Póquer! —Y aventuró—: Para postres, tu marido diseña buques de pasajeros.

Raquel hizo un gesto que podía interpretarse como «de él no quiero hablar» y supuso:

—Con todo eso pueden incluirme en la lista de sospechosos, ¿verdad?

—Si no tuvieras esa coartada tan perfecta. —Iba

a añadir «garantizada por Dan», pero prefirió volver a Patricia—: Hay que hacer algo por tu hermana. Creo que se mueve en un círculo vicioso. —El camarero se acercó. Lic pidió té y fresones—. La tendría que ver un buen médico. Quizá tendrías que internarla.

—Se niega a todo. No quiere venir a pasar una temporada con nosotros ni viajar ni hablar con un psiquiatra. —Como si hablara para sí misma—: Es un problema.

Lic recordó la negativa de Patricia cuando le ofreció su masía de Peratallada y pensó: «Es más tozuda que una mula.» Puso los labios en forma de no y dijo:

—Tienes que hacer algo y pronto, es capaz de... todo.

«¿Hasta de disfrazarse de hombre y dejar una coral para que aparte a Bill de tu camino? No. No-nono... Patricia no es capaz de hacer daño a nadie..., excepto a sí misma.»

Permanecieron callados. Parecía que ambos trataran de buscar la forma de resolver el «problema Patricia».

Él acabó por decir:

—Procura que no esté sola.

Raquel se quedó hasta el momento del embarque. Cuando ya faltaban pocos minutos para entrar en el reactor, Salinas preguntó por Mike Swaton:

—¿Está aún en San Diego?

—Sí —repuso. Como si acabara de recordarlo—: Lo vi ayer y me dijo que había hablado con amigos de varias agencias de publicidad. Ninguno tenía noticias del proyecto de Bill.

Salinas hizo un gesto de «¡qué lástima!» y lo soltó:

—Por cierto, Raquel. Te agradecería que le dijeras a Mike que he tenido que marcharme a toda prisa y no he podido llamarlo. Él quería acompañarme, pero... —La cogió del brazo y secreteó—:

Tengo que irme con tanta precipitación porque en Barcelona han descubierto una pista fundamental. Al parecer, tienen ya una idea muy clara de quién hizo lo de Bill.

No era más que un farol pero el abogado Lic Salinas lo soltó con no poca naturalidad.

SALINAS HABÍA PEDIDO PLAZA DE VENTANILLA en el jet y se abrochó el cinturón de seguridad mirando los edificios altos de San Diego y la cúpula azul de una iglesia.

En las pantallas de a bordo se veía el programa del canal 10 de la ABC mientras la tripulación iba preparándose para el despegue. El presentador del telediario pronunció la palabra «culpable». En la mente de Lic saltó la pregunta: «¿Y si descubriera que Raquel es realmente culpable? ¿Qué haría, entonces...? No lo sé.»

El aparato ya se elevaba. Lic vio en el aire uno de los pequeños bimotores blancos Eagle que American Airlines usa para cubrir a todas horas el trayecto hasta Los Ángeles. Una aguja. En seguida volaron sobre la lengua de agua verdiopaca hendida por estelas de motoras, y separada del océano por el istmo de la península de El Coronado.

El Pacífico se hizo superficie brillante. Masas brumosas estaban suspendidas sobre los campos de golf, cuadrículas de casitas con jardín y parques exuberantes. Más allá el terreno iba transformándose en pardo y abrupto. Al fondo se recortaban las montañas.

A los diez minutos de vuelo estaban dejando atrás el pedregal para entrar en zona desértica de valles con ríos sin agua. Ni un árbol ni rastro de vegetación. Orografías como maquetas de yeso pardo. El desierto se hizo cada vez más ancho hasta llegar al lago que regaba un mosaico de cultivos. Luego arena, elevaciones azuladas.

Salinas no podía quitarse a Raquel de la mente. «¿Tendría que haberle dicho que el padre de Bill la está poniendo como un trapo? ¿Que me he visto con Harold Brent? Lic, ella es tu clienta... Sí, pero ¿y si está en el ajo?»

Una azafata con blusa de cuello redondo, lazo y chaleco a rayas sirvió jugo de naranja en bote de plástico, «buenísssimo», y se lo bebió a sorbitos. Las arenas se hicieron ahora rojizas.

Salinas fue pensando en lo que dejaba atrás y lo que iba a encontrarse en España. «Dan va a seguir pagando las filtraciones de la policía. En otras palabras, los sheriffs trabajarán para mí..., en el fondo. Por otro lado, complementará a la bofia sin tener que pasarles información. —Sonrió—: ¡Eso espero!»

Siguió con el detective: «Dan, esto.» «Dan, aquello.» Y volvió a Raquel, «aunque sea sólo por evitar que su vicepresidenta tenga problemas, el tipo se empleará a fondo». «Por cierto, si destapa algo que la comprometa, ¿me enteraré?» «¿Estará desde el principio al corriente del pasteleo para mirar por ella?»

Ya andaban a media hora de Dallas y el avión se puso a dar saltos. Cinturones de seguridad. Palabras tranquilizadoras en los altavoces, «turbulencias del aire». Luego de nuevo la calma y pronto la modorra. Abajo, una masa de agua verdisucia. Cultivos y más cultivos en un todo llano. Fértil.

Antes de tomar tierra la azafata con tonillo aeronáutico se puso a anunciar conexiones. Atlanta, Miami, Boston.

«Con la cantidad de vuelos que hay aquí, ¡qué fácil es mandar un asesino a sueldo de una punta a otra!», pensó como si se sintiera amenazado.

El reactor gigantesco volaba ya sobre Dallas. Tréboles de autopistas «de no sé cuántos carriles», chalés y piscinas; piscinas grandes, algunas ocupaban todo el jardín. El abogado Lic Salinas volvió a Dan Leigh y tomó el hilo: «El tándem detective paganini-contacto de la policía me permite iniciar mi tela de araña en California. El tándem Rebollo-confidentes del mundillo del juego ilegal de Barcelona puede ser el otro extremo...»

El aparato aterrizó y bien pronto Lic estuvo en el interior de la mole de color crema, «a ver cómo me las arreglo para no aburrirme entre avión y avión».

Miró un par de veces hacia atrás, ¿echaría de menos al sabueso que le fue pisando los talones en San Diego? Y volvió a lo que le obsesionaba: «Una cosa es cierta, detrás de lo de Bill se mueve gente organizada. Quien puso la coral logró escurrirse sin dejar rastro. Quien golpeó por detrás a Dan, lo mismo. El único camino consiste en desequilibrar a los que lo hicieron, ponerlos al cien. Hay crímenes perfectos pero los criminales no suelen serlo.»

Se compró el *Wall Street Journal*, «¿a ver quién sale en el cuadro de honor?», y se plantó en la cola de un restaurante sírvase usted mismo «que tiene buena pinta». Eligió ensalada de zanahoria y un bistec a la parrilla. «Muchos toman bocadillos y helados. Debe de ser por costumbre. Por eso hay tantos gordos, gordísssimos.»

«El día del hotel Del les solté a los del clan lo del casino; a Harold Brent, casino al canto; hoy a Raquel, que en Madrid me contarán la película... ¡A ver si logro que el culpable... o culpables... se pongan nerviosos! Pero, ¿y si la cosa no tiene nada que ver con el proyecto de casino pirata de Bill? ¿Y si fuese tan simple como un ajuste de cuentas, o algo que no sepamos? Hay tanto iceberg suelto. No se llega a saber casi nunca lo que va por debajo del agua. No me extraña que haya tanto crimen sin resolver. No. Nononono.»

Salía del restaurante para irse a tomar café a

un bar con televisión de a 96 centavos la taza, cuando se dijo: «Me estoy hartando. Voy a ganar cuatro cuartos y encima debo de estar arriesgándome cantidad. Debe de haber un lío del copón.»

Le sirvieron café claritis con dispensador. Pensaba sentarse cerca de la pantalla, pero vio que daban un concurso y se fue al otro extremo. «¡Qué epidemia!»

Iban pasando coches de motor eléctrico y apariencia de trenecitos de parque de atracciones cargados de maletas y pasajeros en tránsito de un punto a otro del edificio. Hombres con sombreros tejanos. Rubias y morenas tintadas de rubio con el cabello hecho rizos aleonados. Salinas empezó a imaginarse cómo sería el de los que lo llevaban tapado y de allí al cebollón de la calva del comisario Rebollo: «Debe de estar poniendo banderillas a los capos del juego ilegal. Que si preguntas a *croupiers* y confidentes, que si tercer grado al prestamista ese. Si el asunto tiene los pies o la cabeza en Barcelona, los que lo hayan planeado estarán a cubierto... seguramente. El anónimo se refería a la deuda de Barcelona. —Y le irrumpió algo que había leído en el informe a domicilio—: Sí, el anónimo fue echado al buzón en San Juan de Capistrano... Aunque, Lic, si los mafiosos de Barcelona tienen suficiente organización para dejar una coral en La Jolla, lo del anónimo es un juego de niños... Pobre chaval, el hijo de Bill. ¡Pobre chaval!»

El «pobre chaval» lo llevó a pensar en el muerto, «mi mejor compañero de juergas», y volvió a ver con la imaginación a Bill. Tecleaba un ritmo suave y lo tarareaba poniendo ojos de iluminado. Se levantaba y le saludaba.

Se puso a «hacer pasillos» empuñando el bastón. El hervidero del aeropuerto se fue mezclando con «el asunto». «Aquí te van atendiendo mientras haces colas. Te dicen "tranquilo, hay tiempo". O te llevan a la *speed line* si vas con el tiempo justo. Lo bueno es que actúan mucho antes de que tengas que pedirlo. —Y sin solución de continuidad—: Si es cosa de los de Barcelona, deben de tener un socio en América. El que lo hizo tenía que conocerse al dedillo la casa y las costumbres de Bill. ¿Qué habrá detrás? ¿Juego?, ¿y si la coña del juego fuese una pantalla para ocultar algo más... más...?»

Lic entró en el baño y dejó cartera y bastón en una repisa, delante de un espejo que se veía desde toda la pieza. «El espantacacos.» Ya salía cuando se preguntó: «¿Qué otra cosa puede haber? —Se detuvo, se quedó mirando a un empleado vietnamita que se acercaba con un contenedor de basura—. ¿Blanqueo de dinero sucio? ¿Podría ser ese el nombre del juego?»

Lic se sentó en uno de los sillones de eskay gris y se encendió: «Hay tanto dinero negro en el mundo... ¡Tanto y tanto...! ¿Estará detrás del asunto una organización de lavado de caudales? —Y le estalló un nombre—: ¡Raquel! Raquel, sus clientes, su banco. ¿Raquel?»

Por fin llegó la hora de embarcar en el Dallas-Madrid, «por lo menos no tengo que sufrir el aeropuerto de Nueva York», y siguió con la hipótesis del lavado de dinero sucio: «El buque pirata puede ser sólo una pieza de una máquina de sacar a la luz capital de origen turbio.»

El comisario Rebollo estaba esperando a Salinas en Barajas. Charlaba con un guardia civil de servicio junto a una de las cintas sin fin que hacían brotar maletas. Llevaba el traje con los codos deformados y brillantes. Le brillaba el calvatrueno, también la mirada.

Tan pronto como apareció Lic apoyándose en el bastón, Rebollo le hizo una seña de compincheo y observó:

—El que te regaló Ana es más bonito, seguro que esa birria no lleva alma de morapio, ¿verdausté?

—¿Cómo está?

—Más güena que el pan. P'a comérsela, ¡amos!

—Esta noche, partida de dominó en el pub de Ana, ¡eh!

—El Golden Lion —dijo Rebollo asintiendo con la cabeza.

En realidad dijo: «*El Gohde Lío.*»

—Vas a perder hasta las pestañas, Rebollo.

En cuanto apareció la maleta de Lic, el comisario la colocó en un carrito, «no cargues con pesos, Salinas, no vayamos a jeringar esa pata», y pasaron la línea de aduanas sin más trámite que el de saludar, «¿qué hay?». El comisario había dejado el coche K color ratón mal estacionado frente a la puerta y no bien lo hubo puesto en marcha:

—Parece que el fiambre andaba interesado en reclutar personal de sala de juego. Tenías razón.

—¿Has hablado con *croupiers*...?

—No. Ya te dije que me lo harían los *mozos* en Barcelona, pero p'a el caso me vale. Lo importante es que ese Bill había ofrecido el oro y el moro a dos jefes de mesa p'a que se fuesen a trabajar con él al extranjero.

—¿Adónde?

—No les dijo país. Sólo, «cerca».

Salinas apenas había dormido en toda la noche de avión y, entre bostezo y bostezo, preguntó:

—Supongamos que lo de Bill tenga que ver, aunque sea poco, con algún capo de las mafias del juego clandestino. ¿Cómo podemos ponerle el cohete en el culo?

—Precintando garitos y dando guerra a los prestamistas hasta que algún confite nos cante *La Traviata*. Es un círculo muy cerrado y todos nos conocemos.

—Con eso quizá logremos saber lo que ya está, programado que nos llegue. Si de veras mandaron ellos el anónimo, deben de andar esperando fuegos artificiales. No... No. Hay que dejar caer lo del buque casino a los confites, como quien no quiere la cosa, para que hagan funcionar el tam-tam hacia arriba.

—No es mala idea, Salinas.

Estaban a la altura de los edificios de oficinas con césped de los aledaños de Madrid cuando Lic dijo:

—Tenemos que lograr que el plan de los asesinos de Bill se desequilibre. Además hay que tender las redes. Y... hay algo que me preocupa. Me temo que voy a convertirme en cebo. —Le contó cómo había ido lanzando pullas en California—. Espero que alguna alcance al destinatario, aunque la reacción puede ser...

Acabó por decir con boca pequeña.

—Darte el pasaporte.

—A menos que me organices un servicio de protección.

—Vamos a ver, ¿y tú qué nos ofreces a cambio?

Lic le contó de pe a pa cuanto sabía sin omitir coma. No paró de hablar hasta que entraron en la zona de comercio de cinco estrellas de la calle de Serrano. Rebollo conducía con la cabeza hundida entre los hombros. De vez en cuando hacía de las suyas y soltaba un palabro.

Llegaron de atasco en atasco —«de oca a oca», como decía el comisario— a la calle de Alcalá y, por fin, al dédalo de callecitas estrechas.

Cuando se metieron en un café de la calle de Carretas que olía a fritanga para tomar chocolate con churros, «Salinas, a desayunar como dios manda, joé»; el abogado preguntó:

—¿Vas a darme la escolta?

—Pides más que los frailes, aunque... creo que sí. Ya está: Sí. —Y pensó en el papeleo—: Mi brigada entiende en delito económico, y de todo ese rollo que me has contao puede sacarse en limpio que quizás echemos el guante a los del dinero negro. O sea, a elementos que chorizan al fisco. Eso sí lo vendo yo a la autoridad competente. ¡Ya lo creo!

Lic y Rebollo la gozaron mojando churros en el chocolate y relamiéndose. El comisario, en cuanto dio buena cuenta del desayuno, se lió un cigarrillo panzudo y se puso a ensalivarlo.

—Rebollo, que te estás machacando la salud.

—¡Ya está!, se nota que vienes de América. Joé, masho.

Salieron del café y se encaminaron a una escalera oscura con olor a humedad. Era la de la brigada de Los Financieros. Subieron por peldaños abarquillados hasta una puerta custodiada por agente uniformado. El despacho del comisario necesitaba varias manos de pintura, el techo tenía una mancha parda y había desconchones en las paredes.

Rebollo se sentó a su mesa metálica, Salinas enfrente.

—Vamos a empezar a tocar los güevos —dijo el policía elevando un punto la voz cazallosa—. Vamos a darles donde más les duele. Los dueños de garitos se inventan mesas parecidas a las de los casinos legales, pero un pelín diferentes, p'a no tener que apoquinar los diez quilos de multa si los pescamos echando una ruleta o un *blah-jah*, o alguna partida que esté en el catálogo de juegos. Pero la cosa sigue siendo ilegal, y les podemos cerrar los locales y meter un puro de unos cuantos millones. Además, está la cosa del contrabando de mesas y material que suelen entrar de extranjis. —Salinas lo escuchaba con atención, Rebollo prosiguió—: Los casinos legales pagan un montón de impuestos, el ochenta por cien, y los otros tararí que te vi. —Sufrió un acceso de tos bronquítica—. Si nos ponemos en plan borde y empezamos a empaquetar a los del juego ilegal, iremos echando tu dichosa red, ¡a ver si cae algún pescao! Mientras los hacemos largar podemos dejarles ver que el zafarrancho viene de lo del barco p'a timbas. A ver si funciona radio macuto.

—Apúntate un diez.

El policía se hinchó y con tono de experto:

—Hace años, en las Antillas, había ya un barco casino. ¿Sabes por qué fracasó? —Sin esperar contestación—: Porque trucaban las ruletas con imanes, las desnivelaban y raspaban los dientes, marcaban las cartas, obligaban a jugar casi sin dar un respiro a la gente. ¡Pobres burlangas! Y, claro está, allí no había más ley que la del casino. —Un agente de sólido esqueleto les entró, sin que lo pidieran, un café y un cortado. El comisario ordenó—: A ver. Que venga López.

En seguida apareció un inspector con gafillas redondas que andaba estudiando leyes y hablaba con aire de redicho.

—Sigo con lo de los *croupiers* —dijo «*croupiers*» imitando el arrastrar las erres de Edith Piaff—, pero no hay nada nuevo.

—Me estoy rodeando de talentazos. Quiero que me agarres por los cohones a los dueños de garitos y también a los prestamistas, ¿estamos? Quiero actas de inspección a barullo. Quiero actas de entrada y registro.

Lo puso al corriente de lo que había tramado con Lic.

—Muchos prestamistas son confidentes nuestros —arguyó López aprovechando una pausa del comisario.

—Ni confites ni lessshes. Todo el mundo contra la pared, ¿estamos? —Se dirigió a Lic—: Toleramos a esas hienas porque nos informan sobre los que juegan. Al delincuente suele tirarle apostar y ellos nos cuentan lo que pasa. —Como si hablara para sí mismo—: Los prestamistas son muy tunos. Esos sí se forran, y no como los pobres levantamuertos que se pasean por las mesas de ruleta p'a ver si alguien se olvida alguna ficha con premio p'a reclamarla. Algunos prestamistas actúan en las salas de juego captando clientes que se han quedado a dos velas y se los llevan a pisitos, a dos pasos del casino, p'a hacer la operación sin firmas ni papeles. Ya sabes, si no pagas... Es muy difícil cazarlos con las manos en la masa.

Lic bebió su café a sorbitos, con delectación. Pidió otro, «marchando otro solo p'al abogao», y preguntó:

—¿Podría hablar con el prestamista que al parecer dejó los diez millones a Bill?

—Vive en Barcelona.

—¿Puedo verlo?

—Los *mozos* me lo pusieron en bandeja. ¿Qué quieres saber?

—Si Bill le habló del buque casino. Si le ofreció entrar de alguna manera en el negocio.

—De eso, nada.

—Oye, Rebollo. Parece que quisieran adjudicar el anónimo a ese individuo. Me gustaría...

—Veré qué puede hacerse —lo cortó—. Lo del juego en Barcelona lo llevan los *mozos* y tengo que pedírselo. Veremos.

El comisario se frotó los ojos con expresión de fastidio. Los tenía enrojecidos.

El inspector López afirmó con su vocecilla gutural:

—Los del juego clandestino tienen buenos contactos entre ellos. Está comprobado.

Mostró un mapa para subrayar sus palabras. Había señalado con puntos rojos: Málaga, Palma de Mallorca, Valencia, Barcelona, Madrid. La Costa Azul y la Riviera estaban sombreadas a trazos.

Rebollo, como un dómine, quiso decir la última palabra:

—Si piensan mover el buque casino de Málaga a la Riviera, el invento puede llevarse de calle a buena parte de la clientela de los garitos de lujo. Que los hay, y a todo plan.

—Esa clientela va desde el director de banco que no quiere ser visto jugando hasta los cargos oficiales que no pueden entrar en un casino, traficantes de droga, dueños de casas de masajes, delincuentes con dinero sucio... —enumeró López como si catalogara piezas de taxidermista.

El comisario puso cara de fastidio, «ese idiota aún no se ha enterao de que aquí soy yo el último en hablar». Hizo crujir los dedos apretando una mano contra la otra y lo despachó con un:

—López, cuando lo necesite ya lo llamaré. —Una vez se quedó solo con Lic, mostró la boca renegrida. Con expresión de dolor hondo—: Salinas, eso de ponerte escolta no es cosa de hoy p'a mañana. Ya estamos a viernes y todo el mundo anda con la cabeza en la fiesta. El lunes meteré caña al asunto.

Ni Lic ni el comisario sospechaban que *Cara de*

vinagre había reservado ya plaza en el vuelo que iba a llevarlo a Madrid al cabo de veinticuatro horas. El condiscípulo de Harvard lo decidió tras considerar: «Lic llegará a Barajas el viernes por la mañana, y es poco probable que se vaya a la Costa Brava después de tantas horas de avión. Si como espero se queda en Madrid, el domingo podré estar a solas con él en su piso de la plaza Mayor y tendré la ocasión de oro para hacerlo.»

Un adlátere de Rebollo acompañó a Salinas a casa. El comisario le había dicho: «No lo dejes cargar la maleta, que tiene la pata averiada.»

Cuando llegaron a la plaza Mayor, Lic se detuvo para abarcar el todo porticado, las terrazas de los bares que a aquellas horas olían a café-café y cruasán, las farolas sin luz, la estatua ecuestre.

Marisa, su secretaria, lo recibió con ojos de «aquí hay gato encerrado». «Ha vuelto dos días antes. ¿Qué habrá pasado? ¿Se le habrá puesto tan mala cara sólo por la noche en blanco en el avión? ¡Ca! Lo he visto llegar otras veces como una rosa. ¿Se le habrá torcido algo en América?» El abogado sí tenía el rostro más afilado, ojeras oscuras. Ella recordó que Lic le había anunciado: «Pasaré unos días en San Diego para aprovechar el viaje al otro lado del mundo.» Se preguntó otra vez: «¿Qué habrá pasado?» Y siguió cavilando, dale que dale.

El botones estaba en una mesa de pino que la buena de Marisa había hecho colocar en el pequeño cuarto —mitad cocinilla, mitad almacén— y andaba a vueltas con la redacción que le había mandado tras advertirle: «Cuidado con los acentos, ¡eh!» Tan pronto como el chaval oyó la voz oscura de Lic, salió a recibirlo. Los ojos le bailaban, «¿voy por puros?» «¿Por el periódico?» Y sin esperar respuesta, salió a escape y no sólo por huir de los deberes.

El abogado Salinas dijo «adiós, ¡gracias!» al sabueso que lo había acompañado y, antes de entrar en su sanctasanctórum, se repantigó en uno de los sillones de la recepción, enfrente de Marisa. Ella se pasó los dedos por el moño de cabello cano y limpísimo, y con tono monjil le fue pormenorizando naderías. Él escuchaba con aparente interés e iba siguiendo el ritmo de sus palabras con movimientos de cabeza, «no me diga», «¿de veras?», «muy bien hecho». La factura de la electricidad fue la primera cosa que lo afectó. «El nuevo impuesto de pernada», se dijo pero se limitó a exclamar: «¡Es un escándalo!»

No bien Marisa hubo terminado con la primera narración de cuanto había hecho en clave de «si no fuera por mí...», se metió en el cuarto de la cocinilla y se puso a moler café. El aroma del colombia se impuso al de la cera que la secretaria hacía pasar a cada dos por tres por el entarimado de espiga.

Lic paseó la mirada por los dorados relucientes —Marisa exigía muchos netoles a la asistenta—, por la aldaba de hierro atezado de la puerta que ocultaba la sauna, por el cuero de la que daba a su gabinete, por la que unía oficina con apartamento.

Marisa sirvió el café en el despacho de Lic, en su mesa inglesa de alas. El abogado echó el ojo a los soportales de la plaza Mayor, y la mano se le fue a la purera para pinzar un pata de elefante. Mientras lo prendía se acordó de Patricia, «cómo me lo pisoteó», y se dijo: «Tengo que llamarla. Lic, hay que convencerla. Estoy seguro de que se encontraría a gusto en la casa de Peratallada.»

La imaginó en el jardincillo de cipreses, cactos y yucas protegido de la tramontana por el muro de cerramiento, frente al hogar en el salón que olía a los libros que atestaban las paredes de arriba abajo, en el mar diáfano de Sa Riera con el *chupchup* de pesca, en el comedor porticado de Can Bonay, yendo a comprar rapes a las pescaderías de Torroella de Montgrí. «Patricia, tienes que venirte. No seas cazurra, ¡coño!» Lic miró su reloj de pulsera de caracteres romanos y se dijo: «Debe de estar durmiendo; en Del Mar ahora sólo son las tres *ei em*.» Del sueño de Patricia se fue al que le iba entornando los ojos de vez en cuando. La secretaria sirvió la segunda taza de café y, tan pronto como vio que la terminaba, lo mandó a la cama con su aire de chupacirios, «si no descansa, no podrá hacer nada en todo el día. ¿A qué hora quiere que lo avise?»

Lic sabía lo que cuesta hacerse al nuevo horario y le pidió que lo despertara al cabo de tres horas, «si no, no hay manera de acostumbrarte a dormir de noche».

La secretaria dejó que descansara cuatro, «menos es muy poco». Cruzó la frontera de roble, el salón orillando la exagerada mesa de billar y tuvo que insistir tres veces con repiqueteos de nudillos sobre la puerta del dormitorio hasta que oyó un gruñido: «¡Ya voy!»

Tras una «ducha despertador» de más de diez minutos volvió a aparecer el abogado Salinas en los cuartos delanteros del piso. Marisa lo saludó con un buenos días —eran más de las cuatro de la tarde—. Lic encontró sobre la mesa el mantel de hilo crudo con un plato de merluza fría al tomillo aderezada con zanahorias a rodajas. «Es fresca, la última cola que quedaba», anunció ella.

Tan pronto como acabó de comer, el abogado Salinas apoyó los talones de los mocasines italianos en el borde de la mesa y se puso a marcar el número de Dan Leigh en San Diego, «son las siete y media de la mañana, pero allí madruga todo el mundo». El detective descolgó:

—*Hello!*

La voz se oyó como un eco.

Salinas empezó por decir que el viaje, perfecto; y fue al grano:

—¿Algo nuevo en el informe a domicilio?

—Sí.

No dijo más.

—¿Qué?

El detective buscó cómo hablar sin comprometerse, y por fin arrancó:

—Después de lo que me ocurrió pensé que valdría la pena averiguar quién lo hizo.

«¡Vaya!, ése está más preocupado por su chichón que por el caso», se dijo Lic y preguntó:

—¿Ya lo sabe?

—Sí. Alguien que anda trabajando por cuenta del padre de Bill.

«Es lógico que el padre remueva cielo y tierra por averiguar qué ocurrió. Es lógico», pensó Salinas.

—¿Algo de interés?

El detective dudó sobre la forma de referirse indirectamente a los planos que estuvo a punto de sustraer del maletero, pero había captado la intención y respondió:

—El marido de la vicepresidenta está trabajando en un proyecto claro. —E insistió—: Clarísimo. Está comprobado.

—Comprobado, ¿por los que le mandan informes a domici...?

—Exacto —lo cortó sin dejarle acabar.

«En cuanto ha visto que le atizaban, ha perdido los escrúpulos de liar al marido de su queridísima Raquel», dijo para sí Lic con sonrisa cáustica.

—¿Qué más? —inquirió con tono de «¿a ver cómo se gana sus dólares?»

—He verificado coartadas. Mire, Salinas, es mi manía. He resuelto muchos casos por ese camino.

—No hace falta que me venda sus servicios. Soy comprador.

El detective ignoró la observación:

—Las coartadas de Bob Biddenden y Mike Swaton son normales: tienen pequeños cabos sueltos, pero la de John Steam parecía casi perfecta y eso me hizo recelar. Bueno, en resumen, ayer me llegué a *Elei*... ¿Me oye?

—Siga, siga.

El eco iba en aumento. Parecía un diálogo entre dos voces en *off*.

—Cronometré todo lo que dice que hizo y acabé por llegarme a su casa de Beverly Hills. La puerta del garaje estaba abierta y dentro no se veía ningún coche. Deduje que debía de quedar sólo el servicio. Aguardé un buen rato en mi coche y al final apareció una chicana.

—¿Y bien?

—Al principio se asustó. Me tomó por un *migra*, pero tras aplicarle presión suave, la tal *Huani* se descolgó con que el dueño de la casa llegó tan temprano aquel día que no hubiese podido hacerlo ni aterrizando en el jardín. Al parecer, celebraban un cumpleaños o algo así.

—¿Conclusión?

—O la chicana está exagerando para proteger a *su señor* —dijo «su señor» en castellano—, o se confunde de hora. O...

—O le ha contado lo primero que se le ha ocurrido para quitárselo de encima. La mujer debe de estar sin papeles y la camisa no debía de llegarle al cuerpo.

Dan Leigh discrepó con un:

—Veremos.

Y aseguró que no disponía de «más información útil».

Salinas, antes de despedirse, dijo:

—No todo el mundo tiene un buen asesor de coartadas.

Le acometió la imagen de Raquel. Luego, la de *Cara de vinagre*, «Bill y tú... y el turismo. Y...».

HACÍA YA UN BUEN RATO que Marisa y el chaval de los recados se habían despedido, «adiós, hasta el lunes». Lic estaba a punto de irse al pub de Ana cuando decidió llamar a Patricia Dellwood. «¿Qué estará haciendo? ¿Continuará con esa novela?»

Esta vez la línea se oía con limpieza, como si la chica le hablara desde unos pocos kilómetros de distancia.

Salinas la invitó de nuevo a su masía:

—¿No te apetece venirte a escribir al lado del Mediterráneo?

—Mira, Lic, ahora estás obsesionado con lo de Bill. Qué importa el Pacífico o el Mediterráneo, si yo soy yo y tú eres tú.

El abogado insistió:

—¿Por qué no probarlo?

—He probado demasiadas cosas que han ido mal. Me imagino reservando plaza en el avión. Volando. Llegando a Barcelona. Unos días en esa casa, sola o contigo de cuerpo presente, me da igual, y regresando... Ya ves, Lic, he ido y vuelto. ¿Y, qué?

Pronunció el «¿y, qué?» con voz quebrada.

Lic vio que no lograría convencerla y, tras una pausa, rompió a decir:

—Muy pronto volveré a San Diego. Te llamaré en cuanto llegue.

Ella no preguntó qué significaba «muy pronto». Sólo respiró un:

—Adiós.

Mientras bajaba por la escalera de su casa apoyándose en la barandilla y el bastón de alma de Remy Martin que le había regalado la dueña del Golden Lion, pasaba bajo las luces de las farolas de hierro que pendían de los soportales, se alejaba en taxi del viejo Madrid para entrar en el túnel del tiempo de la Castellana y llegaba a la modernidad de Azca; Salinas no pudo dejar de pensar en cada una de las palabras de Patricia Dellwood. «Es como hablar con una pared.» «En cuanto termine con este maldito asunto, iré a verla.» «Sí, iré... y ¿quién sabe?»

Trató varias veces de escapar. Que si «la matrícula del coche de delante tiene demasiados sietes, mala suerte». Que si «tengo que pasar por el sastre de mi escalera, es un manitas y no aprieta en los precios». Fue inútil. Llegó a la calle del Capitán Haya con aquel «adiós» en la mente y entró en el pub de Ana bajo sus efectos. No iba a olvidarlo mientras viviera.

Marisa ya había advertido a la dueña del Golden Lion, «está raro. Le falta vida. Algo habrá pasado, ¿a ver si te lo cuenta a ti?». Ana había ido a la peluquería y las guedejas de cabello tintado de rubio le caían sabiamente despeinadas. Se había puesto unos toques de «Chanel 19», tacones finos y zapatos estilizados que le atormentaban los pies. Era pechialta, de carnes prietas, como podía juzgarse a pesar del vestido de punto.

La chica salió al encuentro de Lic. Le dio dos besos sonoros, «mua» y «mua». Señaló el altillo:

—Rebollo ya te está esperando. —Le tomó el bastón. Desenroscó la bola de marfil del puño y extrajo una botellita tubular casi sin coñac—. Voy a recargarla de combustible, que así no es prudente circular.

Salinas se encaminó a la mesa del comisario. Ella lo fue siguiendo con los ojos redondos y sombreados de ocre, «es verdad, está como ausente y le han salido unas arruguitas en los ojos que no le conocía». Salinas se dio cuenta de que Ana había convertido una pared en espejo de tonos cobrizos, «me gusta. El local parece más grande, luce más».

El comisario estaba comiéndose uno de los canapés de ahumados que Ana había dejado sobre la mesa. Se pimpló un culín de Islay. Exclamó:

—¡Ahhh!, qué bueno está ese *güiky*. —Y señaló la caja del dominó—: En cuanto llegue el reportero, empezamos. Tú y Ana contra nosotros dos, ¿hace?

Lic asintió y preguntó a Rebollo por «el sacamuelas». Se refería al dentista que no sólo cortejaba a la dueña del pub sino que encima le hacía espléndidos regalos y la invitaba a cruceros por el Caribe, «hemos vivido a lo grande, Lic».

El comisario le dijo que no había moros en la costa, «ese te huele». Los cruceros trajeron a la mente de Salinas «el buque timba» y preguntó:

—¿Podré ver a ese prestamista?

—Verás...

—¿Algún problema?

—No siempre me dejan hacer lo que me viene en gana.

—¿Por qué no puedo hablar con el usurero que prestó diez quilos a Bill?

—Mira, Salinas, la cosa apesta. Tu amigo se largó de Barcelona debiendo ese dineral, y luego está lo del anónimo pidiendo la pasta... La superioridad se teme que el prestamista ese sepa muchas cosas y alguien intente cepillárselo antes de que largue. —Se encogió de hombros—. Han dado orden de retirarlo de circulación.

—¿Está detenido?

—No... Detenido, no. Protegido.

—¿En su casa?

—No lo sé. De veras, Salinas, he movido cielo y tierra, pero ¡nanay! Si hasta me ha dado un chasco el niñato que nos han puesto de baranda. —Rebollo que lo conocía bien vio que se estaba encrespando—. El prestamista jura que alguien le ha querido colgar el mochuelo, que nunca ha oído hablar de barcos casino, que no sabía si Bill andaba buscando socios o no.

—¿Estaba mucha gente al tanto de lo de la deuda?

—Claro, coño. ¡Claro! Ya te dije que el ambiente de los garitos es muy cerrado. Todos se conocen. Todo se sabe. Una piña.

—¿Hay alguna mafia que los controle?

—Hay de todo como en la viña del Señor. Hay quien va por libre y palma a la primera, hay quien está también en el tinglado de las masajistas. —Se sonrió con boca de tiburón—. Y hay quien anda liado con mafias de guiris.

—El prestamista de Bill, ¿en qué tipo de garitos se movía?

—En los de los chulos, p'a que te enteres.

—Rebollo, hasta ahora habíamos colaborado sin historias, en plan yo te cuento, y tú me cuentas. Pero en este caso, te estás haciendo el estrecho.

El comisario tomó la botella que Ana había dejado en la mesa y se sirvió una buena medida de Islay. Luego con ademán dolorido:

—El juego es asunto muy político —pronunció el «político» con desprecio—. Te aseguro que estoy enseñándote todas las cartas que me han dado.

Decía la verdad.

La dueña del local acababa de dar la bienvenida a un cliente nuevo, «estoy de paso por Madrid. Soy arquitecto». Tras charlar con él unos minutos junto a la barra de madera gruesa y oscura, le presentó a una ojazos que trabajaba con un agente de la propiedad inmobiliaria y estaba en un corro de habituales, «a ver si hacéis negocios, que ahora tenéis el santo de cara». La primadonna del pub se despidió diciendo: «Cuento con una comisión, pero que sea de seis cifras.» Y se acercó al altillo, «¿qué debe de discutir con Rebollo? ¡Qué serio está! ¡Qué morros!»

Cuando llegó a la mesa, los dos hombres se callaron. Vio que aún tenían canapés y whisky, y dijo que volvería en cuanto llegara el que faltaba para echar el dominó.

Ana fue al encuentro de dos azafatas de British Airways que solían recalar en el pub. Lic se puso a hablar a ráfagas con el sabueso. Un tableteo:

—Tus jefes no me dejan ver al prestamista de Barcelona. El marido de Raquel no quiere ni saludarme. Lo llamé al despacho y «lo siento está muy ocupado». No iba a asaltarlo en su casa, que también es la de ella... Sheila sale corriendo y se va a Colorado. El padre de Bill tampoco acepta verme y, como gran concesión, me dice hola y adiós por teléfono después de que Harold Brent insista e insista en que hable conmigo.

Aquello parecía un tango.

—Salinas, acéptalo, hay casos que no se resuelven. Y me parece que éste...

—Sólo veo dos posibilidades: o mafiosos del sur de Europa quieren llamar la atención en California por algo y decir aquí estoy con el circo de la coral, o lo del anónimo no es más que el sistema para prefabricar un culpable. —Fue a coger un cigarro pero no lo hizo, «a ver si consigo fumar la mitad, para empezar»—. Tienen un móvil, asustar a morosos y reclamar los diez quilos bajo presión; un sospechoso y además del hampa, el prestamista; un detonador, el anónimo.

—Muchas veces ha palmado gente con menos en contra. Y luego, ya puedes reclamar, ya.

Rebollo se puso a liar uno de sus cigarrillos de picadura.

Lic unió las yemas de los dedos de ambas manos:

—En este caso sólo cabe desequilibrarles el plan.

—En eso estamos, Salinas. Que ya sabes que conmigo puedes tú contar de veras. ¿Qué te voy a contar a estas alturas?

Se le veía compungido.

—Lo malo es que quizá nuestras mañas no sirvan ni para hacer cosquillas a la organización que debemos de tener delante.

—Por si las moscas, el lunes *veremoavé* si puedo ponerte escolta. No sea que tus púas lleguen a poner nervioso a algún pez gordo y vengan a darte el paseo.

Cara de vinagre ya estaba en camino. Volaba con pasaporte falso en clase *business* y no entraba en sus planes esperar hasta el lunes «para hacerlo».

Bridget había aceptado mal que su marido no quisiese que lo acompañara, «me lo habías prometido. Me hacía tanta ilusión el viaje».

El avión de *Cara de vinagre* llegó a Barajas con retraso, «no importa, aún es pronto para llamar a Lic. Cuanto más tarde en telefonearlo, menos riesgo de que comente con alguien que estoy en Madrid».

Dejó la maleta en la consigna de la terminal subterránea de los autobuses que vienen y van al aeropuerto, y anduvo por la calle de Serrano hasta el parque del Retiro.

Entró en la atmósfera verde que se abre tras la reja de hierro forjado coronada por puntas de lanza, e inició un paseo que iba a llevarlo de un extremo a otro, «tengo que quemar las horas que me faltan».

Cuando pasó junto a enrejados de colores por los que trepaban críos se acordó de su hija, de la graduación, y pensó: «Qué guapa estaba, qué guapa estará el día del *senior prom*. ¿Se asociará conmigo cuando termine el *college*?»

Aceleró el paso como si se quisiera estimular la circulación, y en su mente la chica se puso a limpiar conectada a unos auriculares y se hizo Bridget. La mujer actual de John Steam ejecutaba ahora un número obsceno a lo mujer araña y movía las caderas con frenesí. Todo sobre la cristalera del salón, que al final se rompía. «No... no», dijo rezongando y se detuvo. Tenía la frente helada, húmeda de puntitos de sudor.

El abogado Lic Salinas había madrugado aquella mañana para llamar a San Diego. «Dan es capaz de meterse en cama antes de las once de la noche.» El detective le dio algunos de los datos que los hombres del teniente Fisher recogieron en el hotel del Coronado. «Mike Swaton está familiarizado con las corales.» «Bob Biddenden había trabajado en unos laboratorios farmacéuticos que manipulaban serpientes.» «Bill había pedido prestado a John Steam lo que perdió en Barcelona.»

También un informe médico sobre la salud de Patricia, «*en momentos de depresión aguda puede llegar al suicidio*». Lic quiso saber la procedencia del diagnóstico, «¿se lo habrá pasado Raquel?», pero Dan se negó en redondo a contestar.

El detective había insistido en la investigación sobre *Cara de vinagre* y le advirtió: «Está volando hacia Madrid.»

«No es el único que quiere venir a verme», se dijo Lic. Cuando había regresado a casa después de perder al dominó en el pub de Ana, encontró un mensaje en el contestador automático. Mike Swaton le decía con, esta vez, levísimo tartajeo: «No... no creas que me has dado esquinazo. La semana próxima pienso ir a verte a Madrid, quizás el miércoles o jueves. Ya te llamaré para co...confirmártelo.»

«¿Será un complot? —se preguntó el abogado Salinas—. Mike o Bob Biddenden aportan la coral; Sheila se quita de en medio a un ex que le exige su parte del crío; Harold Brent ayuda a su hija; *Cara de vinagre* se establece en el sector del juego, una diversificación para sus negocios de turismo; Raquel coloca los fondos negros de su clientela, quizás entra también como socia en el pastel y paga el precio de perder un amante. ¡Pura transacción!»

Lic iba reflexionando con mirada errabunda. Le dolía estar jugando con sus compañeros de universidad como si fuesen pedazos de un rompecabezas de culpables. «En cuanto te pones a hurgar suelen aparecer posibles móviles ocultos, circunstancias sospechosas, lo que se callan... y cuentan sólo en parte a la policía para curarse en salud... El quid está en descubrir qué es de veras significativo entre la maraña de indicios. No tengo que dejarme influir por las apariencias ni precipitarme en descartar hipótesis.»

A media tarde John Steam llamó a Lic. No estaba. Se había ido a tomar café al Púlpito. Al cabo de una hora volvió a intentarlo y esta vez lo encontró. A *Cara de vinagre* le escamó que no le sorprendiera su «estoy en Madrid». «¿Me andarán siguiendo?»

Los del clan de Harvard solían parar en casa de Salinas cuando iban a Madrid. John había dormido ya varias noches en la casacuartel.

Tan pronto como lograron colocar el colchón de espuma sobre el billar —«la mejor cama del mundo», según *Cara de vinagre*—, se fueron a tomar unas tapas al Torre del Oro, en la misma plaza Mayor. Allí el alicatado era de cerámica policromada; las paredes, de fotos de toreros —el Cordobés, Manolete, el Yiyo—; los estantes, de botellas de jerez. Había mucho hierro forjado. Empezaron por *servessitas con olivas*, y siguieron con *chorissitos del infierno* y *montaos de lomo*.

Lic trataba de ver sólo al condiscípulo, pero no lograba dejar de concomerse, «¿qué habrá venido a hacer? Acabo de aterrizar, y ya está aquí». Pensó en avisar a Rebollo pero se dijo: «Es sábado y debe de estar con su mujer en el pueblo.»

No bien llegó a casa de Salinas, *Cara de vinagre*

dijo que tenía que verse con los propietarios de un hotel en Málaga, «quizá lo compre mi compañía». Que iba a quedarse sólo una noche, «mañana me voy al sur». Después de tomarse tres copas de sangría y asegurar que la comida picante le encantaba, «en *Elei* tenemos en casa una chicana que cocina unos platos magníficos, *Huani* también hace *hot cooking*», se palpó el estómago, «mañana, a rebajar con jogging y sauna».

Salinas apuntó a la pierna renca y exclamó: «De carreras yo, ni hablar. Me conformaré con sauna y punto.»

Cuando John Steam pasaba por la casacuartel solía recorrer el Madrid de los Austrias a paso ligero para más tarde sudar en la pequeña cabina de madera que Salinas había hecho instalar sin demasiada ortodoxia detrás de una puerta, en un cuartucho que daba a la recepción. La había construido un carpintero del barrio.

Ya cruzaban la plaza de regreso con aire cansino, cuando Lic preguntó:

—¿Qué se dice de lo de Bill?

Cara de vinagre no esperaba la pregunta y se agarró a una frase hecha:

—Que fue tremendo.

—En tu sector, ¿qué se rumorea? Bill trabajaba antes en turismo, ¿verdad?

—Ya sabes, era muy jugador. Andaba a veces en ambientes de gente poco... clara. Al parecer tuvo mala racha y debía mucho dinero en Barcelona.

—Vamos, ¡vamos! Bill pagaba siempre cuando volvía de América. Era un chollo para los prestamistas.

Se habían parado junto a los soportales. *Cara de vinagre* lo miraba de hito en hito y acabó por decir:

—Bill solía jugar fuera de los *States*.

Hundió los puños en los bolsillos y echó a andar hacia la casacuartel. Salinas lo siguió adelantando el labio inferior.

El dormitorio de Salinas daba al salón ocupado por el billar-cama. Antes de conciliar el sueño, Lic trató de convencerse de que no había razones para negar la hospitalidad a John Steam. «Este asunto me está haciendo perder el sentido de la proporción.»

Después de repasar una y otra vez la retahíla de argumentos tranquilizadores le saltaban objeciones, y vuelta a empezar. Cuando se dijo «sí, pero *Cara de vinagre* está en el mismo sector en que trabajaba Bill; el turismo», se puso en pie. Se acercó sin hacer ruido a la puerta y echó el pestillo.

TANTO LIC COMO EL QUE HABÍA VENIDO a matarlo durmieron mal. Dieron vueltas y más vueltas en la cama. Tomaron jugo de naranja envasado para desayunar y se enzarzaron en una discusión sobre lobbies. *Cara de vinagre* llegó a decir que, en el fondo, el bufete de Salinas no era más que un pequeño despacho de influencias. Trataba de aplicarse a la esgrima dialéctica que acostumbraba a gastar con él, pero su mirada era huidiza y se consumía de impaciencia.

John Steam se puso chándal, zapatillas de deporte y una cinta ancha en el cabello que le tapaba media frente y le daba aspecto distinto, «la cinta de camuflaje». Salinas conectó la sauna:

—Es pequeña y se calienta en seguida. ¿Tardarás mucho?

—Como máximo, una hora.

—Dejaré la puerta del piso entornada, que desde dentro a veces no se oye el timbre.

Cara de vinagre regresó a los cuarenta minutos. Estaba desencajado y no por las carreras que había ido alternando con fases de caminar nervioso, casi histérico.

Salinas, *in puribus*, estaba dentro del recinto que olía a cabaña de troncos y andaba ya por los noventa grados. Se había metido, como acostumbraba, sólo con toalla y zapatillas de suela de madera y adorno metálico en el empeine.

John Steam se asomó al cristal del ventanillo de la sauna. Lic estaba tendido en el banco.

—Se te ha puesto cara de infarto. ¿Sabes cuánta gente ha cascado corriendo? —No se movió de la posición horizontal. Desde fuera su voz parecía de ultratumba—. John, no hay que exagerar.

Cara de vinagre no respondió. Y súbitamente cerró la gruesa puerta que solía ocultar la cabina de tablas. La apretó con las dos manos y todas sus fuerzas contra la puertecilla de la sauna. Y presionó, y presionó hasta que la barreta de la aldaba de hierro penetró en la pieza en ele. Luego hizo girar el mando de la temperatura hasta el máximo.

Lic no quiso pensar que trataban de asesinarlo y ensayó con tono guasón:

—Me rindo. —Aguardó unos momentos y chilló—: Me rindo. ¡Me rindo...!

Acabó por bramar con angustia.

Cara de vinagre calculó que la temperatura del «pequeño infierno» llegaría a más de ciento veinte grados.

Salinas se puso en pie, «me quiere matar. Sí, me quiere matar, matarmatar». Tomó la banqueta. Con la base de una pata hizo añicos el cristal de la ventanuca y vio que la puerta que daba a la recepción permanecía sólidamente unida a la de la sauna. «La ha atrancado. Nada que hacer. Como si la hubiese clavado. Como si me hubiese emparedado dentro de un horno.»

John Steam tuvo un acceso de ira cuando oyó quebrarse el cristal. «La policía ya no se tragará lo del accidente.» Dio una palmada contra la pared e intentó tranquilizarse: «Nadie me ha visto. Pasaporte falso. Cinta en el pelo al hacer jogging... No podrán probar nada.»

La cabina de madera tenía un respiradero que daba a la cocinilla y Lic lo acarició por unos momentos. Temblaba. Apoyó la espalda en la pared y se puso a dar patadones a la puertecilla con la pierna sana. No consiguió moverla un milímetro. La aldaba de hierro ofrecía una resistencia que estaba muy por encima de sus fuerzas.

La temperatura iba en aumento. La aguja había rebasado ya los cien grados y la piel de Lic estaba cubierta por una película espesa de sudor. Gruesos goterones le resbalaban por encima de las cejas, le irritaban los ojos y le caían por la punta de la nariz. Dio un puñetazo en la tabla de madera con desesperación. Se calzó las chancletas, para no cortarse con las astillas de vidrio que se habían esparcido por el suelo, y se puso en pie.

—¡Negociemos! —chilló—. Por gordo que sea el lío en que estés metido, podemos buscar una solución. ¡Pactemos! Encontraremos una salida, ya lo verás.

Las razones de Lic llegaban con sordina al otro lado de las dos puertas y John Steam —demudado— luchaba consigo mismo para seguir haciendo oídos sordos.

Cuando la aguja llegó a los ciento veinte grados, Lic notó que se ahogaba. «No puedes ahogarte, no puedes ahogarte que entra aire por el agujero ese», se dijo. El corazón le latía a la desesperada.

—Sácame de aquí y nadie lo sabrá. Sácame de aquí y te lo resolveré todo. ¡Todo! Sea lo que sea lo que hayas hecho.

Cara de vinagre estaba con el hombro contra la pared y daba la espalda a la puerta que ocultaba la sauna. Tenía la barbilla hundida en el pecho y estaba empezando a pensar en términos de «el pobre Lic», pero se mantenía en sus trece, erre que erre. Ni siquiera se aproximaba al pequeño recinto en que se estaba cociendo su condiscípulo de Harvard.

Tras la desesperación, cruzó un fogonazo por la mente de Salinas. «¡La luz!» En un ángulo había una bombilla de potencia graduable protegida por una reja de madera de quitapón. Se acordó de que la sauna estaba conectada al circuito de fuerza del piso y la iluminación al de luz. Y con mirada de ido enclavó los ojos en el adorno metálico del empeine de la zapatilla. «Tengo que fundir los plomos. Fundirfundirfundir.»

Extrajo los barrotes protectores de la bombilla. La desenroscó. Con una mano asió la chancleta por la suela de madera y con la otra fue palpando las tablas calientes hasta dar con el casquillo. En el mismo instante en que insertó la chapa de acero del empeine en la rosca dio un grito que le rompió la voz:

—¡Ayúdame!

Y logró maquillar el estertor del chispazo.

Ni en la recepción ni en el gabinete de Salinas, que estaba con la puerta de par en par, había nada conectado al circuito que acababa de quedar en vía muerta. *Cara de vinagre* no se enteró de la maniobra del que suponía condenado.

En la oscuridad achicharrante, Lic se dijo: «El tiempo juega ahora a mi favor.» Con los pies fue amontonando cristales rotos en un ángulo y extendió la toalla en el suelo, «abajo hay menos temperatura».

Permaneció un buen rato tendido en el piso. Mientras la cabina iba enfriándose, *Cara de vinagre* se preguntaba: «¿Por qué se habrá callado? ¿Habrá sufrido un infarto? ¿Habrá muerto ya?» Y miraba sin cesar el reloj de pulsera, «aún es pronto. Debo esperar. Hay que agotar el margen de seguridad».

Salinas notaba que el pulso se le desaceleraba poco a poco, y comenzó a pensar en lo que iba a hacer si John Steam decidía abrir para «comprobar que me ha dejado seco». Repasó de memoria la geografía del recinto y llegó a una conclusión: «Estacazo al canto.»

Se incorporó para coger el apoyacabezas, que era una cuña de madera, y volvió a tenderse en el suelo con el arma improvisada a mano.

Cara de vinagre tenía cara de pergamino. Las últimas palabras de Lic empezaban a hacerle mella y el silencio le resultaba insoportable. De repente y sin saber por qué se abalanzó sobre la aldaba de la puerta. Con gesto crispado la hizo girar, «Lic, no te mueras. ¡No te mueras!» Y metió la cabeza en la sauna sin ni siquiera darse cuenta de que la temperatura era inferior a lo que cabía esperar.

Salinas aparentaba estar desmayado. Se había herido —casi sin enterarse— en manos y piernas con los cristalitos, y la sangre añadía un nuevo elemento de truculencia que ayudaba a dar verosimilitud a la *mise en scène.*

John Steam fue a tomarle el pulso, y en cuanto Lic lo vio a tiro descargó un golpe tremendo con la madera que lo alcanzó en la sien e hizo que retrocediera para ir a caer en el entarimado de la recepción.

Lic salió de la cabina como una furia sudorosa y le asestó un segundo golpe con el canto vivo. La cabeza de *Cara de vinagre* rebotó contra el suelo y perdió el conocimiento.

Salinas levantó la mano para pegarle de nuevo pero ya no descargó más golpes. Lo agarró por los pies y lo arrastró hasta la sauna. Lo dejó en el suelo que había ocupado él mismo hasta hacía bien poco y lo encerró.

No bien *Cara de vinagre* recuperó la consciencia se puso a jurar que había entrado en la cabina de madera para salvarlo.

—Me arrepentí. Abrí para sacarte vivo —repitió muchas veces.

Era verdad, pero Salinas no lo creyó.

Más tarde John Steam se agarró al clavo ardiendo:

—Todo fue idea de Harold Brent. Todo fue idea del padre de Sheila. Brent me obligó a hacer lo de Bill. ¡Brent! ¡Harold Brent!

Volvía a decir la verdad.

«Cara de vinagre» permaneció encerrado en la sauna hasta que llegó Rebollo con sus hombres.

Salinas había localizado al comisario en el pueblo y logró que regresara a toda prisa «p'a enchiquerarlo».

Ya había anochecido cuando dio comienzo lo que Rebollo llamó «charla de amigotes». Salinas era el único que hablaba buen inglés y el comisario y adláteres dejaron que llevara la voz cantante. Estaban junto a la sauna, sentados en la recepción del piso de altos techos de la plaza Mayor.

John Steam, con gasas y esparadrapo en la frente y en la sien, parecía que hablara en sueños. Al principio se limitó al «Harold Brent lo planeó todo». Luego, poco a poco, fue diciendo cosas como: «El padre de Bill le había encargado el montaje jurídico del buque casino.»

Dos veces miró a Lic a la cara, dos veces elevó la voz para asegurar que había entrado en la cabina de madera con intención de salvarlo. «No fui capaz de matarte, Lic. ¡Tienes que creerme!»

Rebollo no paraba de fumar y se decía: «Está grogui. Hay que aprovechar el momento. Mañana puede rehacerse y...»

Cuando Salinas le preguntó por qué había hecho lo de Bill, se le nublaron los ojos y no supo responder. Cuando le soltó que la coral por poco muerde al niño, movió convulsivamente la cabeza diciendo

250

que no. «No sabía que Bill iba a aparecer con el niño. ¡No lo sabía!»

Pensó en decir que tuvo también intención de salvar al crío pero las palabras no le salieron. Por fin explicó por qué mató a Bill: «Todo estaba listo. Harold Brent podía disponer del dinero de los inversores cuando quisiera. Ya había localizado un buque adecuado para transformarlo en casino y encima navegaba bajo pabellón de paraíso fiscal. Lo único que le faltaba para apoderarse del proyecto era que desapareciese Bill, el hijo del promotor. Con Bill muerto, Harold Brent podía hacer lo que quisiera.» Un ataque de tos le hizo perder el hilo. Luego, con mirada atravesada, farfulló algo sobre «mi hija».

Rebollo pidió «café para todos», pero *Cara de vinagre* no quiso probarlo. Salinas le espetó: «Un buque casino no es más que un hotel flotante y Harold Brent iba a darte el contrato de explotación, ¿verdad?» «Sí», admitió con los ojos clavados en el suelo. «Ibas a ser su testaferro, ¿no es eso?» Esta vez asintió con un golpe de cabeza.

Y de ahí *Cara de vinagre* se fue a hablar de Bill: «Era un adicto al juego. Amargó la vida a Sheila. Le malcriaba al hijo. Era un desastre para los negocios. No se ha perdido gran cosa, ¡créeme, Lic!»

El abogado Salinas lo observaba con cara de palo y pensaba: «¿Por qué has admitido que te cargaste a Bill? La de estupideces que uno puede llegar a decir cuando se pierde el control.»

La puerta de la sauna permanecía abierta, «para molerle los hígados». La pieza olía a madera y a sudor. Lic lo atacó y lo atacó. Una ametralladora. «¿Quién mandó el anónimo?» «¿Cómo conseguiste la coral?» «¿Qué pinta en el caso el prestamista de Barcelona?»

John Steam no coordinaba del todo, y habló para sí mismo: «No podré asistir a la graduación. No. No podré.»

Salinas volvió a la carga: «¿Qué tipo de inversores quieren entrar en lo del buque casino?» «¿Es un sistema de lavar dinero sucio?» «¿Pensabas trucar las ruletas...? ¿Marcar las cartas?»

La boca de Steam había perdido la forma. Tenía los labios fruncidos, le temblaban. Engarfió los dedos sobre las rodillas. Los ojos se le hicieron telarañas y se puso a hablar como si rezara una letanía: «Todo ha sido cosa de Harold Brent, pero él se ha quedado en *Elei* bien protegido. Forma parte de un lobby que actúa escrupulosamente en los *States* porque teme vulnerar las leyes en su país, pero en el extranjero... ¡En el extranjero...! parece que todo le esté permitido. Es un lobby con dos caras: puritano en casa, y mafioso fuera... Actúa en países que viven de maquillar este tipo de operaciones y, encima, dan cobertura jurídica. La policía ni siquiera tiene acceso a lo que sucede allí. Es el estilo de Brent, siempre en la sombra. —Abrió mucho los ojos—. Para que el padre de Bill no sospechara de él, iba a aparecer yo como solución de recambio. Un amigo de universidad del muerto, *in memoriam*.»

En la recepción hacía bochorno pero Lic no quiso cerrar la puerta de la sauna ni abrir las otras, «no vayamos a cortarle la inspiración».

Cara de vinagre apoyó la parte de frente que le quedaba libre de heridas sobre las palmas de las manos y prosiguió con voz monocorde: «El lobby de Harold Brent se dedica a buscar sociedades en países en que apenas se pagan impuestos y el padre de Bill pone los inversores.»

Hizo una pausa, y Lic: «¿Dinero sucio?» John Steam asintió, luego balbució: «Sucio, negro y gris, llámalo como quieras... Dinero que no cae en las garras del fisco.» Y volvió a arremeter contra Harold Brent. Era una fijación.

Cuando Salinas preguntó por la reacción de Brent al saber que la coral por poco le mata al nieto, perdió los estribos: «¡No sabía que Bill aparecería con su hijo! Cuando los vi, los seguí. Quería impedirlo. Quería impedirlo.»

«Quería impedir que yo muriese en la sauna, que la coral picara al crío... ¡Vaya argumento!», se dijo Lic. A veces la verdad no hay quien la crea.

Y volvió a Harold Brent: «En *Elei* se pasa la vida en el club de campo o metido en su iglesia, pero en el extranjero no es más que un mafioso. Él lo llama lobby, pero es pura mafia. Ha conseguido mi pasaporte falso en Marsella; la coral, en México; la información sobre la deuda de juego de Bill, en Barcelona.»

Lic preguntó si querían usar al prestamista como chivo expiatorio, «hay móvil y prefabricasteis un culpable, ¿verdad?» Lo admitió después de atragantarse y ponerse de un tono entre el de la cera y el violeta.

Rebollo observaba a Salinas con ademán de «¿qué dice?», y se iba repitiendo «si no sabes inglés, estás jeringao... y bien jeringao».

Lic quería hablar de Raquel y, aunque sabía que el comisario no entendía una jota de inglés, no estaba seguro de que los adláteres anduvieran en ayunas.

Dijo al jefe de Los Financieros: «Me gustaría hacerle unas preguntas en privado.» Rebollo mandó salir a todos los sabuesos y se quedó en su asiento.

«Es su idea de privado», pensó Lic con sonrisa maliciosa.

Salinas se puso en pie y se plantó ante *Cara de vinagre*. «¿Tiene algo que ver Raquel con el asesinato de Bill?» Silabeó el «asesinato».

Los ojos de *Cara de vinagre* giraron como si fueran a salirse de las órbitas y se apresuró a declarar: «Nada que ver. Nada que ver. Ni Raquel, ni Bob, ni Lic, ni Mike.» Incluyó a Salinas en su lista exculpadora.

Lic se sonrió, «ya no sabe ni dónde ni con quién está», y arremetió contra la vicepresidenta del banco, «iba a colocar en el buque casino dinero de sus inversores». *Cara de vinagre* se puso en pie. Rebollo se llevó la mano a la sobaquera, «*vamoavé* qué hace», y ladró «a su sitio».

John Steam lo obedeció y dijo: «Bill era tan incompetente que quería sentirse arropado, quería tenerla cerca. Por eso se empeñó en que metiera a sus inversores en el proyecto sin decirle, al principio, que iba a colocar el dinero en un casino flotante.» «¿Cómo lo sabes?» «Por Harold Brent.» Y volvió a perderse en reproches contra el que calificaba de «auténtico culpable de todo».

Más tarde *Cara de vinagre* insistió en que ninguno de los del clan de Harvard tuvieron que ver con la muerte de Bill. «A Mike y Bob les he organizado convenciones en mis hoteles, lo digo para evitar malas interpretaciones.» «¿Y el marido de Raquel?» «Nada que ver.» «¿Y Sheila?» «¡Nada que ver! Nada que ver.»

El hombre estaba roto, pero cuanto dijo ante la sauna era verdad.

Quiso ponerse en pie de nuevo. Tropezó con la mirada de Rebollo y desistió. Enclavó los ojos en sus zapatos y con voz quebrada: «Lo que más siento es no poder asistir a la graduación de mi hija.» Los ojos se le vidriaron primero y luego se le arrasaron de agua.

Permaneció unos momentos con la cabeza entre las manos y luego, desafiando al comisario, se levantó. Se acercó a Salinas y le apoyó la mano en el hombro: «Créeme, Lic, entré a salvarte. No fui capaz de dejarte morir ahí.»

Lᴉᴄ ꜱᴇ ꜱᴇɴᴛó ᴀ ʟᴀ ᴍᴇꜱɪʟʟᴀ de su secretaria y marcó el número de teléfono de casa de Harold Brent. Se lo acababa de dar *Cara de vinagre*.

«En Los Ángeles son las dos de la tarde. Debe de estar a los postres de la comilona del domingo», se dijo Lic, y no bien oyó que descolgaban le pasó el auricular a John Steam.

El padre de Sheila tardó unos momentos en ponerse y, al reconocer la voz de su partenaire, le preguntó:

—¿Misión cumplida?

—Sí —repuso *Cara de vinagre*.

—¿Has verificado que el problema se haya extinguido?

—Sí.

—¿Lo has comprobado con tus propios ojos?

—Sí.

—¿Salió todo como previmos?

—Todo.

Un traductor jurado estaba escuchando desde el teléfono del gabinete de Salinas y transcribía la conversación sin dejarse una coma.

Harold Brent no pudo reprimir la excitación y acabó por decir:

—Ya no quedan impedimentos. Bien pronto navegará el ¡hagan juego!

Patricia Dellwood había logrado por fin dormirse después de muchas píldoras. Se despertó pronto y lo decidió sin dudar, como si fuese de lo más evidente.

Abrió una hoja del ropero que solía usar poco. Tomó una chaqueta de hombre, «la llevaba el día del accidente», y hundió la nariz en el forro en busca de «su olor».

Se vistió con el traje chaqueta negro que se puso el día del funeral, «a mí no me pasó nada. Él murió. Yo conducía y él estaba a mi lado, vivo... ¡El choque! Cerré los ojos, y... Pude ir por mi propio pie al entierro. Él estaba en la caja».

Se montó en el todoterreno sin quitarse la chaqueta, e insertó una casete de Bob Dylan. Iba calzada con los peúcos, «no puedo dormirme sin mis peúcos». Condujo hacia el sur junto al océano y fue recordando el final de Ana Karenina: «Quiso tirarse bajo las ruedas del primer vagón.» «Esperó el vagón siguiente. Era como entrar en el agua de un río para bañarse, y se persignó.» «Se arrojó... cayendo sobre las manos... Y en aquel instante se horrorizó. "¿Dónde estoy? ¿Qué estoy haciendo?"»

Sin preocuparse por perder el gobierno del coche comparó la tonalidad de la última banda del océano con la de sus peúcos, «se parecen», y ahora se puso a murmurar frases de su propia novela:

«Cuando empiece a dar tumbos hacia el océano, acantilado abajo, encerrada en la masa roja del todoterreno, ¿me preguntaré como Ana Karenina: "Qué estoy haciendo aquí"? Esta vez no habrá nadie a mi lado. El acero se irá abollando, doblando. Los cristales se harán añicos. Hasta la voz rota de Bob Dylan se ahogará. ¿Llegaré viva hasta el agua? ¿Moriré con su sabor en la boca? ¿O sólo con el gusto metálico de la sangre?»

A la altura de los acantilados de Torrey Pines se desvió de la carretera y enfiló la línea de máxima pendiente hacia el despeñadero. El coche chocó con una arista del talud. La cabeza de Patricia fue a dar contra el cristal de la ventanilla. Murió en el acto.

Lɪc ᴇsᴛᴀʙᴀ ᴇɴ sᴜ ɢᴀʙɪɴᴇᴛᴇ cuando Marisa entró el
sobre que le mandaba Raquel Dellwood.

Entre las últimas voluntades de Patricia había
cosas tan dispares como rogar a su hermana que
se ocupase de la pequeña serpiente del lavadero,
«es tan dócil», o de enviar a Lic un reloj de bolsillo de oro.

Salinas lo acarició como si fuese la propia Patricia. Lo tomó por la cadena y, mientras la hacía
rizos, fue pensando: «Quizá si me hubiese quedado
con ella en Del Mar... Si la hubiese convencido
para que me acompañara...»

BLOCK| 28 B